천하제일
자린고비
이야기

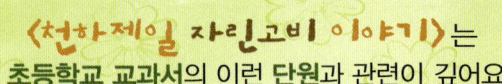

《천하제일 자린고비 이야기》는
초등학교 교과서의 이런 단원과 관련이 깊어요.

천하제일 자린고비 이야기

우리누리 글 • 지영이 그림

주니어중앙

어린이가 꿈을 키우는 터전

꿈 많은 어린 시절엔 장대한 역사와 위대한 문화유산에 관한

책을 읽는 것이 좋다.

거기에는 어린이가 꿈을 키우는 터전이 있기 때문이다.

감수성 예민한 어린 시절엔 흥미로운 그림을 통하여

재미있게 이야기를 풀어간 책이 좋다.

그것은 시각적 인식을 통해 어린이의 상상력을 자극하기 때문이다.

『오십 빛깔 우리 것 우리 얘기』는 이런 필요조건을 갖춘

고급 어린이 교양도서라 할 만한 것이다.

유홍준
(전 문화재청장, 현 명지대 교수,
『나의 문화유산 답사기』 저자)

이 책을 추천해 주신 선생님들

- 전래놀이, 풍속과 관련된 수업에 활용하고 있습니다. 옛 풍속과 관련해서 요즘에는 잘 사용하지 않는 용어들이 있어서 아이들이 어려워하는데, 이 책에는 사진 자료와 함께 쉽고 정확하게 설명이 되어 있어 아이들이 이해하기 쉽게 되어 있습니다.
  　　　　　　　　　　　　　　　　　　　　　　　　　　　　　－ 손영수 선생님(가사초등학교)

- 아이들이 우리의 전통문화를 쉽게 접할 수 있도록 도움을 주는 소중한 자료입니다. 우리 학교의 독서 퀴즈 대회에서 매년 사용하는 책이랍니다.
  　　　　　　　　　　　　　　　　　　　　　　　　　　　　　－ 성주영 선생님(도당초등학교)

- 우리의 옛 풍습과 문화, 관혼상제 등에 대해 자세히 설명되어 있어 수업을 하기 전에 미리 읽어 오라고 하는 도서입니다.
  　　　　　　　　　　　　　　　　　　　　　　　　　　　　　－ 전은경 선생님(용산초등학교)

- 우리의 문화와 역사를 등학생들이 이해하기 쉽도록 재미있는 옛이야기로 풀어낸 점이 가장 마음에 듭니다. 초등 교과와 연계된 부분이 많아 학교 수업에 많이 활용하는 도서입니다.
  　　　　　　　　　　　　　　　　　　　　　　　　　　　　　－ 한유자 선생님(삼일초등학교)

김임숙 선생님(팔달초)	조윤미 선생님(화양초)	이경혜 선생님(군포초)	염효경 선생님(지동초)
오재민 선생님(조원초)	박연희 선생님(우이초)	박혜미 선생님(대평중)	이진희 선생님(수일초)
최정희 선생님(온곡초)	정경순 선생님(시흥초)	박현숙 선생님(중흥초)	김정남 선생님(외동초)
이광란 선생님(고리울초)	김명순 선생님(오목초)	신지연 선생님(개포초)	심선희 선생님(상원초)
문수진 선생님(덕산초)	정지은 선생님(세검정초)	정선정 선생님(백봉초)	김미란 선생님(둔전초)
김미정 선생님(청덕초)	조정신 선생님(서신초)	김경아 선생님(서림초)	김란희 선생님(유덕초)
정상각 선생님(대선초)	서흥희 선생님(수일중)	윤란희 선생님(안산시근로자시민문화센터어린이도서관)	

『오십 빛깔 우리 것 우리 얘기』를 펴내며
향기를 오롯이 담아낸 그릇

『오십 빛깔 우리 것 우리 얘기』 시리즈가 처음 출간된 지 어느덧 16년이 되었습니다. 그동안 수많은 어린이와 부모님, 그리고 선생님들의 사랑을 받으며 전 50권이 완간되었고, 어린이 옛이야기 분야의 고전(古典)이자 스테디셀러로 굳건히 자리매김해 왔습니다.

이 시리즈는 '소중히 지켜야 할 우리 것'에 대한 이야기를 어린이를 위해 '쉽고 재미있게' 풀어쓴 책입니다. 내용으로는 선조들의 생활과 풍습 이야기, 문화재와 발명품 이야기, 인물과 과학기술·예술작품 이야기, 팔도강산과 고유 동식물 이야기 등 우리나라 역사와 전통문화 모든 영역을 총망라하고 있습니다. 그리고 이를 50가지 주제로 엮어 저학년 어린이도 얼마든지 볼 수 있도록 맛깔나는 옛이야기로 담아냈습니다. 장대한 역사와 위대한 문화유산을 배우기에 옛이야기만큼 좋은 형식도 없기 때문입니다.

대한민국 국민으로서 알아야 하고 전해야 할 우리 것, 우리 얘기는 아주 많습니다. 그동안 이 시리즈를 통해 많은 어린이가 우리 것을 알게 되고, 우리 얘기를 사랑하게 되었을 것입니다. 시간이 흘러도 역사와 전통문화의 향기는 변하지 않기 때문입니다.

하지만 저희는 그 향기를 담아내는 그릇이 그간 색이 바래고 빛을 잃었다는 사실에 가슴이 아프고 안타까웠습니다. 그래서 책에서 전하는 우리 것의 향기를 오롯이 담아낼 수 있는 새로운 그릇을 찾고자 하였습니다. 그 그릇을 통해 향기가 더욱 그윽해지고 멀리까지 퍼져서, 수백 년 수천 년 전의 우리 것이 오늘날에도 살아 숨 쉴 수 있도록 생명력을 주고자 하였습니다.

이에 몇 가지 원칙을 가지고 『오십 빛깔 우리 것 우리 얘기』 시리즈를 새롭게 출간하게 되었습니다.

◎ 원작이 가지는 옛이야기의 맛과 멋을 그대로 살렸습니다.

◎ 요즘 독자들의 감각에 맞추어 디자인과 그림을 50권 전권 전면 개정하였습니다.

◎ 교과 학습의 길잡이가 될 수 있도록 연계 교과를 표시하였습니다.

◎ 학습정보 코너는 유익함과 재미를 함께 줄 수 있도록 4컷 만화, 생생 인터뷰,
묻고 답하기 등으로 내용을 재구성하였고, 최신 정보와 사진을 수록하였습니다.

◎ 도표, 연표, 역사신문, 체험학습 등으로 권말부록을 풍성하게 꾸며서
관련 교과 학습을 강화하였습니다.

이 책을 처음 읽었을 8살 꼬마 독자는 지금쯤 나라와 민족에 긍지를 가진 25살 자랑스러운 대한민국 청년이 되었을 것입니다. 그 청년이 부모가 되어서도 자녀에게 다시 권할 수 있는 그런 책이 되기를 바라며, 이 시리즈를 오십 빛깔 그릇에 정성껏 담아 내어놓습니다.

주니어중앙

천하제일 자린고비 이야기

무엇이든 절약하고 아껴 쓰느라 밥을 먹을 때 천장에 조기 한 마리를 매달고 반찬 대신 조기를 쳐다보는 자린고비 이야기 잘 알고 있지요? 천장에 매단 조기는 먹지 않고 그저 바라보기만 하니 언제까지나 반찬으로 사용할 수 있었을 거예요.

이런 옛이야기를 그저 우스갯소리로만 생각하는 친구들이 많을 거예요. 모든 것이 풍족한 시대에 살고 있는 지금은 지독한 자린고비의 옛이야기가 이해되지 않을 수도 있어요.

그러나 불과 60~70년 전만 해도 끼니를 굶는 사람들이 무척 많았어요. 특히 농사가 끝난 겨울에서 다음 해 봄까지는 쌀 구경도 못 하고 보리로만 겨우 끼니를 이어 갔어요. 그래서 '보릿고개'라는 말도 있지요.

　이렇듯 생활이 어려웠기에 우리 조상들은 무엇이든지 아끼고 절약하는 습관을 기를 수 있었답니다. 이런 알뜰한 정신이 오늘날 우리나라를 일구어 온 것이고요. 하지만 언제부터인가 우리들은 '자린고비'하면 좋지 않은 생각을 가지게 되었어요. 인색하고 이기적인 사람으로 생각하기도 했지요. 그러면서 우리들의 씀씀이는 점점 커졌어요. 이제 옛날 조상들의 자린고비 정신을 우리가 배워야 할 때가 되었어요.

　어린이 여러분, 이 책에 실려 있는 열 가지의 자린고비 이야기를 통해 현명한 자린고비가 되는 방법을 배워 보세요. 쓰는 기쁨보다 절약하는 즐거움이 더 크다는 사실을 알 수 있을 거예요.

어린이의 벗 우리누리

차 례

구두쇠 중의 구두쇠

옛날, 황해도 해주 땅에는 물건을 아껴 쓰는 구두쇠들이 많이 살았어요. 그중에서도 으뜸가는 구두쇠는 누가 뭐래도 달식이였어요. 그래서 사람들은 달식이를 '황해도의 으뜸 구두쇠'라고 불렀지요.

달식이에게는 봉달이라고 하는 친구가 있었어요. 봉달이는 개성 땅에 살았는데, 그도 역시 달식이 못지않아서 '개성의 왕구두쇠'로 불렸어요. 달식이와 봉달이는 서로 떨어져서 살았지만 편지를 주고받으며 우정을 키워 나갔어요.

그러던 어느 날, 달식이의 딸이 시집을 가게 되었어요. 그래서 달식이는 봉달이에게 다음과 같은 내용의 편지를 썼어요.

봉달이 보게나. 어느덧 내 딸이 장성해서 혼례를 치르게 되었으니, 이 편지를 받으면 하인 편에 축의금을 보내도록 하게.

달식이는 하인의 손에 편지를 쥐여주며 봉달이 집으로 서둘러 떠나라고 했어요. 몇 날 며칠을 걸어서 개성에 도착한 하인은 달식이가 보낸 편지를 봉달이에게 전해 주었어요.

편지를 읽은 봉달이는 곧바로 달식이에게 답장을 썼어요.

자네 딸의 혼인을 진심으로 축하하네. 신랑 신부가 행복하기를 바라며 축의금을 두 냥 보내겠네. 한 냥은 이 편지와 함께 보내고, 한 냥은 외상일세. 외상은 나중에 꼭 갚을 테니 걱정하지 말게.

답장을 받은 달식이는 부글부글 끓어올랐어요.
'축의금을 외상으로 하다니……. 그것도 겨우 한 냥을 가지고 말이야. 내 평생에 이런 구두쇠는 처음 본다. 어디 두고 보자.'

달식이는 두 주먹을 불끈 쥐면서 언젠가는 봉달이에게 당한 만큼 돌려주리라고 굳게 마음먹었어요.

그로부터 몇 년이 흘렀어요. 이번에는 봉달이의 아들이 혼인을 하게 되었어요. 봉달이 역시 달식이에게 아들이 혼인을 하니 축의금을 보내 달라고 편지를 보내 왔어요.

'뻔뻔한 녀석 같으니라고, 축의금으로 겨우 한 냥을 내고도 나한테 이런 편지를 보내? 네 놈도 한번 약 좀 올라 봐라.'

달식이는 봉달이에게 복수할 기회가 왔다고 생각하며 흐뭇한 미소를 지었어요.

'봉달이 녀석한테는 종이 값도 아까워. 암, 아깝고말고. 굳이 편지로 쓸 필요도 없지.'

그날부터 달식이는 개성으로 길 떠나는 사람을 사방팔방으로 찾았어요. 그러다가 아랫마을에 사는 김 서방이 개성으로 떠난다는 이야기를 듣게 되었어요. 달식이는 김 서방을 찾아가 부탁을 했어요.

"여보게 김 서방, 자네가 마침 개성으로 간다지? 그럼 그곳에 사는 봉달이라는 사람을 찾아가서 다음과 같이 말해 주게. 아들의 혼인을 진심으로 축하하네. 두 사람이 잘살기 바라는 마음으로 축의금을 두 냥 보내네. 한 냥은 지난번 자네가 빚진 것을 갚는 것으로 하고, 나머지 한 냥은 외상일세. 뒷날 꼭 갚을 테니 아무 걱정하지 말게나."

달식이의 말을 들은 김 서방은 기가 막혀 아무 말도 할 수가 없었어요. 자식들의 축의금을 외상으로 주고받는 사람들은 처음 봤기 때문이에요. 그래도 김 서방은 달식이의 말을 열심히 외우면서 길을 떠났어요.

개성 땅에 도착한 김 서방은 봉달이를 찾아가 달식이가 한 말을 그대로 전해 주었어요. 이야기를 다 듣고 난 봉달이는 분해서 견딜 수가 없었어요.

'천하의 못된 사람 같으니, 그래도 나는 한 냥을 축의금으로 보냈건만 자기는 한 냥도 안 보내며 나를 놀려? 내가 이 녀석을 가만 두지 않으리!'

봉달이는 그 길로 해주 땅으로 향했어요. 분한 마음에 잠도 자지 않으며 쉬지 않고 달린 덕에 하루 만에 해주 땅에 닿을 수 있었어요.

"친구도 몰라보는 구두쇠 달식이놈, 이리 좀 나와 봐라! 편지 쓸 종이 값을 아끼려고 사람에게 글을 외우게 해 보내는 녀석이

어디 있단 말이냐?"

봉달이가 달식이네 대문을 발로 '쾅' 차고 들어서면서 소리쳤어요. 소매까지 걷어붙인 봉달이는 싸울 기세로 달식이에게 덤벼들었지요.

"아니, 이 녀석이 왜 아침부터 예의 없이 남의 집에 들어와서 소리를 지르고 난리야!"

느닷없이 쳐들어온 봉달이를 보고 달식이도 질세라 달려들었어요. 둘은 서로 멱살을 잡고 노려보았어요.

"이 못된 구두쇠야! 지난번에 내가 보낸 편지 받으러 왔다. 어서 돌려달란 말이다!"

봉달이가 말했어요. 그러자 달식이가 고개를 옆으로 저으며 대답했어요.

"편지를 돌려 달라고? 어림없는 말씀. 이제 그 편지는 돌려주고 싶어도 돌려줄 수가 없어."

"아니, 뭐라고?"

화가 난 봉달이는 잡고 있던 멱살을 더욱 세게 잡아당겼어요.

"아이고, 캑캑! 이 목 좀 놓아라. 그 편지는 지금 저기 붙어 있단 말이다."

달식이는 손가락으로 방문을 가리키면서 말했어요.

봉달이가 방문을 쳐다보니 뚫어진 방문에 자신이 보낸 편지가 붙어 있는 게 아니겠어요?

"아니, 남이 보낸 편지로 방문을 붙여?"

봉달이는 점점 화가 치밀어 올랐고, 방문에 붙어 있던 편지를 확 잡아떼고 소리 질렀어요.

"나는 두 냥만 축의금으로 보냈을 뿐이니, 이 종이의 임자는 바로 나야. 그러니 내가 가지고 가야겠어."

봉달이는 벌떡 일어나더니 쏜살처럼 대문 밖으로 뛰어나갔어요. 달식이도 가만히 있을 수 없었지요. 달식이는 봉달이를 뒤쫓아 가기 시작했어요. 그러나 봉달이의 걸음이 얼마나 빠른지 쉽게 따라잡을 수가 없었어요.

"봉달이, 거기 섯거라! 친구고 뭐고 다 필요 없다!"

달식이는 악착같이 뛰어서 봉달이를 붙잡았어요. 그러고는 봉달이의 손에 쥐어 있던 편지를 얼른 빼앗으며 따졌어요.

"헉헉, 왜 남의 것을 함부로 가지고 달아나는 거야?"

"아까 말했다시피 이 편지는 내 것이라고!"

봉달이도 지지 않고 눈을 부릅뜨며 말했어요.

　　그러자 달식이가 말했어요.

　　"이 종이는 네 것이지만 종이에 말라붙어 있던 풀은 내 것이란 말이야. 내 풀 내놓으라고!"

　　달식이의 말에 봉달이는 어이가 없어 그저 멍하니 달식이를 바라보았어요. 봉달이가 가만히 있자 달식이도 미안했는지 겸연쩍게 머리를 긁적이며 말했어요.

　　"이보게, 우리 둘 다 너무한 것 같지 않나? 이제 그만 하고 우리 집에 가서 밥이나 먹음세."

　　달식이의 말에 부끄러워진 봉달이는 붉어진 얼굴로 말했어요.

　　"아니네. 내가 너무한 것 같아. 이깟 종이가 뭐라고, 미안하네."

두 친구는 손을 잡고 서로에게 사과했어요.

그 후로도 달식이와 봉달이는 알콩달콩 싸우면서 우정을 키워 나

갔어요. 둘 다 여전히 소문난 구두쇠로 살면서 말이에요.

쓰레기를 분리해서 버려요

　우리나라 국민 한 사람이 하루에 버리는 쓰레기양이 얼마나 되는지 알고 있나요? 평균적으로 하루에 2.3킬로그램의 쓰레기를 버린다고 해요. 사람들이 하루 동안 버린 쓰레기를 모두 담으면 트럭들이 서울에서 대전까지 한 줄로 길게 늘어설 수 있을 정도래요. 게다가 쓰레기는 땅에 묻어도 잘 썩지 않기 때문에 자연을 오염시키고 있어요.

　쓰레기도 잘 활용하면 훌륭한 자원으로 다시 태어날 수 있어요. 그래서 쓰레기를 버릴 때에는 재활용할 수 있는 것과 재활용할 수 없는 것을 나누어 버려야 해요. 신문이나 잡지 같은 종이류, 우유갑, 알루미늄으로 만든 음료수 깡통, 플라스틱 병, 유리병 같은 물건들은 재활용될 수 있어요.

이런 재활용 쓰레기를 버릴 때에는 다음과 같은 방법으로 버려야 해요.

조금은 귀찮더라도 쓰레기는 종류별로 분리해서 버려야 한답니다.

음료수 깡통이나 플라스틱 병은 내용물을 비운 다음에 납작하게 눌러서 버려요. 우유갑은 가위로 잘라 펼쳐서 씻어 말린 다음 반듯하게 접어서 버려야 해요. 다른 병들도 속을 깨끗이 비운 다음 분리수거 함에 넣어요.

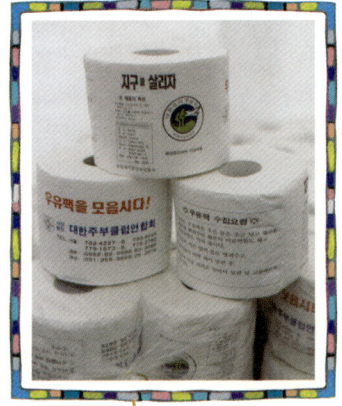

→ 재활용 화장지

그러면 우리들이 버린 쓰레기들은 어떻게 재활용될까요?

우리들이 많이 먹는 1리터짜리 우유갑을 30개 모으면 두루마리 화장지를 다섯 개나 만들 수 있어요. 우리가 못 입는 헌 옷도 재활용하면 공업용 걸레나 자동차를 만들 때 필요한 원료로 다시 태어나게 되지요.

아무 생각 없이 버리기 쉬운 물건들이 우리 생활에 필요한 자원으로 다시 태어나게 된다니 정말 놀랍지요? 그러니까 조금 귀찮게 생각되더라도 쓰레기는 분리해서 버리도록 해요.

요즘은 낡은 휴대폰을 수거해 필요한 부품을 다시 사용하기도 해요.

시아버지보다 지독한
며느리

"여보게, 박 영감 며느리가 어떤 사람 같던가?"

"글쎄, 겉모습만 봐서 어디 알 수 있나."

이른 아침부터 박 영감네 집 마당에 마을 사람들이 하나둘 모여들었어요. 사람들은 방 안을 서로 먼저 들여다보기 위해 아우성이었어요.

방 안에서는 며칠 전 혼인한 박 영감의 아들 내외가 신행길에서 돌아와 큰절을 올리고 있었어요. '신행'이란 혼인 때 신랑이 신부 집에 가거나 신부가 신랑 집으로 가는 것을 말해요.

"박 영감네 살림을 도맡아 하려면 며느리 손끝이 아주 야무져야 할걸."

동네 사람들은 삼삼오오 짝을 지어 수군거렸어요. 사람들은 마을에서 구두쇠로 소문난 박 영감네 집에 어떤 며느리가 들어왔는지 궁금해서 견딜 수가 없었거든요.

박 영감은 마을 사람들이 혀를 내두를 정도로 모든 것을 지독하게 아껴 쓰는 구두쇠예요.

아무리 친한 친구라도 물건 하나 빌려 주지 않았지요. 며칠 전, 박 영감과 친한 허 노인이 망치를 빌리려고 했을 때에도 박 영감은 빌려 주지 않았어요.

"망치를 빌려 가면 분명 못을 박을 텐데, 어디 못 박는 일이 보통 일인가? 힘이 많이 들 것 아냐. 그러면 우리 집 망치가 그만큼 닳을 게 뻔한데 내가 어떻게 자네에게 망치를 빌려 줄 수 있겠나?"

이처럼 박 영감의 아끼는 버릇은 상상을 초월했어요. 이런 구두쇠 집안에 며느리가 새로 들어왔으니 사람들이 며느리에 대해 궁금해 하는 것도 당연한 일이었지요.

"얘, 아가. 이제 이 집의 안주인은 바로 너다. 앞으로 절약, 또 절약해서 알뜰하게 살림을 해 나가도록 해라."

"아버님, 명심하겠습니다."

박 영감의 며느리는 시아버지의 말씀을 가슴 깊이 새겼어요.

'시아버님께서 어렵게 지킨 재산이야. 그러니 내가 헤프게 써서는 결코 안 돼. 아버님보다 더 아껴서 생활해야지.'

며느리는 앞으로 시아버지보다 더 자린고비가 되기로 마음먹었어요.

이튿날, 날이 밝자 며느리는 열심히 아침상을 차렸어요. 시집 와서 처음으로 차리는 밥상이기 때문에 더욱 신경이 쓰였지요. 안방에서는 박 영감과 남편이 아침상을 기다리고 있었어요. 어느덧 방문이 열리고 며느리가 정성껏 차린 밥상을 들고 들어왔어요. 밥상 위에는 밥 세 그릇과 간장이 가득 담긴 종지가 하나 올려져 있었지요.

"아버지, 이 사람도 제법 알뜰하게 살림을 하겠지요?"

아들은 아내의 상차림이 마음에 들어 웃으며 말했어요. 하지만 박 영감은 며느리가 차려 온 밥상이 도무지 마음에 들지 않았어요. 종지 한가득 담긴 간장이 눈에 거슬릴 뿐이었지요.

"얘, 아가. 나는 밥을 먹을 때 천장에 생선을 매달아 놓고 생선이 먹고 싶을 때마다 한 번씩 쳐다보면서 '아, 짜다!' 하고 밥을 먹던 사람이다. 그런데 네가 종지 한가득 간장을 담다니…… 우리 집 살림을 거덜 내려고 하느냐!"

박 영감은 며느리를 호되게 꾸짖었어요. 말없이 고개를 숙인 채 시아버지의 훈계를 듣고 있던 며느리는 이렇게 대답했어요.

"아버님, 저도 처음에는 종지에 간장을 조금만 따르려고 했지요. 하지만 다시 생각해 보니 그게 더 손해라는 것을 알게 되었답니다."

"아니, 간장을 조금 담는 것이 손해라니?"

며느리는 계속 말을 이어 갔어요.

"아버님, 종지 바닥에 간장이 조금만 있으면 자연히 숟가락질을 여러 번 하게 되지 않겠어요? 그러면 숟가락도 닳고 종지도 닳게 되니 이중으로 손해가 나는 것이지요. 하지만 이렇게 종지 가득 간장을 부어 놓으면 종지와 숟가락이 닳지 않겠지요. 그리고 종지 가득 담긴 간장을 보고 있으면 저절로 짠 생각이 나서 간장을 먹고 싶은 생각이 사라지게 된답니다."

박 영감의 며느리는 차분하게 이야기했어요. 그제야 박 영감은 만족한 얼굴로 고개를 끄덕였어요. 이렇듯 박 영감의 며느리는 알뜰살뜰 살림을 꾸려 나갔어요. 물론 반찬은 언제나 간장 한 가지뿐이었지요.

그 뒤 몇 달이 흘렀어요.

'언제나 이렇게 간장만 먹고 살 수는 없어. 우리 식구도 영양 보충을 해야 해.'

며느리는 절약도 좋지만 가족들의 건강에도 신경을 써야 한다고 생각했어요. 그래서 하루는 특별한 음식을 마련해 보기로 마음먹었어요.

어떤 음식을 하면 좋을지 며느리는 골똘히 생각했어요. 때마침 문 밖에서 생선 장수의 목소리가 우렁차게 들려 왔어요.

"싱싱한 생선이 왔어요. 맛 좋은 고등어, 조기……, 마음껏 골라 보세요!"

"여봐요, 생선 장수 아저씨!"

며느리는 생선 장수를 불렀어요. 생선 장수는 얼른 대문을 열고 집 안으로 들어왔어요. 생선 장수는 생선이 가득 담겨 있는 나무 상자를 내려놓으면서 말했어요.

"그냥 눈으로 봐서야 알 수 있나요?"

알뜰한 며느리는 소매를 걷어붙이고 생선을 이리저리 만져 보았어요. 고등어도 만지고, 조기도 만지고, 갈치도 만져 보면서 요모조모 꼼꼼하게 따져 보았지요. 얼마나 생선을 만졌는지 며느리의 손에서는 생선 비린내가 심하게 풍겼어요.

한참 동안 생선을 뒤적이던 며느리는 손에 들고 있던 생선들을 모두 내려놓았어요.

"글쎄, 오늘 생선은 생각보다 별로 싱싱하지 않네요. 다음에 사지요."

며느리의 말에 생선 장수는 몹시 언짢아하며 말했어요.

"허 참, 사지도 않을 거면서 남의 생선은 왜 그리 주물러 댄 거요? 오늘은 아침부터 재수가 없군."

생선 장수는 툴툴거리면서 대문을 나섰어요. 생선 장수가 사라지자마자 며느리는 부엌으로 달려가서 솥에 물을 받았어요.

그리고 그 솥에 천천히 손을 씻었지요. 손을
다 씻은 며느리는 아궁이에 장작을 넣고, 불을

때기 시작했어요.

가족들에게 맛난 국을 먹일 생각을 하니 며느리는 금세 기분이
좋아졌어요.

방 안에서 아침상을 기다리던 부자는 부엌에서 향긋한 냄새가

나자 코를 벌렁거렸어요.

　얼마 지나지 않아 며느리가 아침상을 차려 왔어요.

　"얘, 오늘 국은 정말 맛있구나! 이 국이 무슨 국이냐?"

국을 한 숟가락 떠먹은 박영감이 며느리에게 물었어요.

"예, 아버님. 이 국은 생선을 만진 손으로 끓인 생선국이에요. 생선 한 마리 넣지 않았는데도 아주 맛이 좋지요?"

며느리가 살며시 웃으면서 대답했어요. 박 영감과 아들은 며느리의 절약 정신에 입이 벌어졌어요. 이렇게 알뜰하게 살림을 잘하는 사람은 이 세상에 없을 것 같았지요.

"이제 구두쇠인 나도 두 손 다 들었다. 우리 집 살림은 너 때문에 더욱 불어날 게 틀림없구나!"

박 영감은 '껄껄' 웃으면서 며느리를 바라보았어요. 앞에 다소곳이 앉아 있는 며느리의 모습이 오늘따라 유난히 예쁘게 보였거든요.

물을 아껴 써요

우리는 날마다 물을 사용하고, 필요할 때마다 수도꼭지만 틀면 언제든지 물이 콸콸 쏟아져 나와요. 그래서 물을 펑펑 쓰는 친구들이 많지요.

우리나라 사람들은 하루 평균 409리터 정도의 물을 사용해요. 일본이나 영국 사람들은 하루 400리터 정도의 물을 사용한다고 해요. 우리나라는 UN에서 발표한 물 부족 국가에 포함되어 있어요. 강수량도 점점 줄어들고 있어서 전국적으로 물이 부족하게 될지도 몰라요. 물이 부족한 시대가 온다면 정말 불편한 점이 많을 거예요. 그렇기 때문에 지금부터라도 물을 아껴서 쓰는 습관을 들여야 해요. 어떻게 하면 물을 절약할 수 있는지 그 방법을 알아볼까요?

집에서 수세식 변기를 사용한다면 1.5리터짜리 빈 음료수 병에 물을 가득 부은 다음 이것을 변기 물통 속에 넣어요. 음료수 병 대신에 벽돌을 넣어 두어도 좋아요. 이렇게 하면 하루에 약 35리터의 물을 절약할 수가 있어요.

그리고 이를 닦을 때에는 반드시 수돗물을 잠궈요. 수돗물을 틀어 놓은 채 이를 닦으면 많은 양의 물을 낭비하게 되거든요. 우리가 이

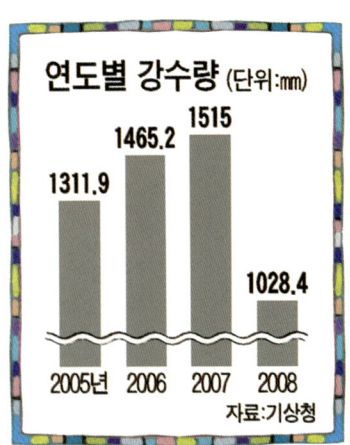

연도별 강수량 (단위:㎜)

1311.9 1465.2 1515 1028.4
2005년 2006 2007 2008
자료:기상청

빗물을 모아
물을 주는
공원도 있어요.

를 닦을 때 필요한 물의 양은 두 컵이면 충분하답니다.

그리고 욕조에 물을 받아 놓고 목욕하기보다는 샤워기를 이용해 보세요. 물을 반이나 절약할 수 있어요. 비가 오는 날에는 빗물을 받아 화초나 화분에 물 줄 때 써도 좋아요.

우리가 사용하는 물은 그냥 만들어지는 것이 아니에요. 강물이 우리 집까지 오려면 많은 비용과 노력이 들거든요. 또한 지금도 물을 얻기 위해 하루에 몇 시간씩 걸어야 하는 나라도 있어요. 그러니 지금부터라도 물을 마구 쓰는 습관을 고치도록 해요.

부모를 도와 강가에
물을 뜨러 가는
페루의 어린이예요.

이무기에게 혼이 난
최 부자

버들골에 최 부자라는 사람이 살았는데, 어찌나 구두쇠인지 다른 사람에게 단 한번도 돈을 써 본 일이 없었어요. 그래서 버들골 사람들은 두 명 이상만 모이면 누가 먼저랄 것도 없이 최 부자의 흉을 봤어요.

"바늘로 찔러도 피 한 방울 안 나올 양반이 바로 최 부자라고. 이렇게 흉년이 들었을 때 마을을 위해 곡식을 조금이라도 내놓으면 얼마나 좋아?"

"그러게 말이야. 그런 사람은 이다음에 큰 벌을 받을 거야."

이런 최 부자에게는 인정 많은 부인이 있었어요. 최 부자의 부인은 남편이 베풀지 않고 사는 것이 늘 마음에 걸렸어요.

"여보, 이 정도면 재산은 모을 만큼 모았어요. 그러니 이제부터라도 다른 사람들에게 베풀면서 살아가도록 해요. 지금 온 마을에 흉년이 들어 사람들이 굶주리고 있는데, 곳간에 있는 쌀을 마을 사람들에게 조금씩만 나누어 주면 어떨까요?"

부인의 말이 끝나자마자 최 부자는 화를 냈어요.

"거 쓸데없는 소리 하지 마시오. 내가 다른 사람 배부르라고 평생 힘들여 재산을 모은 줄 아시오?"

부인은 자기밖에 모르는 남편이 원망스럽기도 하고, 한편으로는 안쓰러운 마음이 들었어요.

그러던 어느 날, 최 부자가 급히 한양에 갈 일이 생겼어요. 최 부자는 한양으로 떠나기 전날 밤, 부인에게 곳간 열쇠를 내어 주며 말했어요.

"부인, 내가 돌아올 때까지 이 열쇠를 잘 보관하고, 곳간에는 누구도 들여보내지 마시오."

다음 날 최 부자가 떠나자마자 부인은 곳간 문을 열고 안으로 들어가 보았어요. 곳간 안에는 생각했던 것 보다 훨씬 많은 곡식과 보물이 가득했고, 부인은 놀라 입을 다물 수 없었어요.

'아니, 이렇게나 많은 곡식들을 쌓아 두고 있었다니……. 여기에 있는 곡식을 마을 사람들에게 나누어 주면 사람들이 얼마나 좋아할까?'

부인은 곳간에 쌓여 있는 곡식들을 마을 사람들에게 나누어 주고 싶었어요. 하지만 남편이 알면 펄펄 뛸 것이 분명했기 때문에 쉽게 결정을 내릴 수가 없었지요. 그 날 밤, 부인은 쉽게 잠을 이룰 수가 없었어요. 아기를 낳고 미역국을 끓여 먹지 못해 쩔쩔매던 순덕네의 얼굴도 떠올랐고, 누렇게 뜬 얼굴을 하고 풀뿌리를 캐러 다니던 아이들의 얼굴도 아른거렸어요.

'그래, 계속 이렇게 살면서 사람들의 인심을 잃을 수는 없어. 내가 나서서 마을 사람들을 도와야 해. 이것이 곧 남편을 위하는 길이기도 하니까.'

마침내 부인은 하인에게 곳간의 문을 활짝 열게 했어요.

"모든 책임은 내가 질 것이니, 곳간에 있는 곡식들을 마을 사람들에게 골고루 나누어 주도록 하여라!"

부인의 명령으로 하인들은 곳간에 가득 들어 있는 곡식들을 마을 사람들에게 나누어 주기 시작했어요. 생각지도 않았던 쌀을 받아든 마을 사람들은 깜짝 놀랐어요.

"아니, 그 지독한 최 부자가 우리에게 쌀을 나누어 주다니, 세

상 참 오래 살고 볼 일이네그려!"

"그러게나 말이야. 내일은 해가 서쪽에서 뜨겠구먼!"

마을 사람들은 오랜만에 구경해 보는 곡식 때문에 생기가 돌기 시작했어요. 최 부자 집에서 나누어 준 곡식이 사람들에게 커다란 기쁨이 되었던 거예요.

한편, 고향에서 일어나고 있는 일을 까맣게 모르고 있던 최 부자는 한강에 닿았어요. 최 부자는 강을 건너기 위해 나루터에 있는 배에 올라탔어요. 뱃사공 부리는 돈도 아까워 스스로 노를 저으면서 강을 건너갔지요. 살랑살랑 불어오는 강바람에 최 부자는 콧노래를 부르면서 힘차게 노를 저었어요.

그런데 배가 강의 중간쯤에 이르렀을 때였어요. 갑자기 뱃머리에서 시커먼 괴물이 튀어 올랐어요.

"으악! 너는 누구냐?"

깜짝 놀란 최 부자가 소리쳤어요.

"으하하하! 나는 1,000년 묵은 이무기다. 나는 지난
999년 동안 해마다 나쁜 인간들을 한 명씩 잡아먹어 왔다.
올해 한 명만 더 잡아먹으면 용이 되어 하늘로 올라갈 수 있게
되지. 올해 내가 잡아먹기로 한 인간이 바로 너다. 자신밖에
모르는 욕심쟁이가 바로 너 아니더냐?"

이무기는 금방이라도 최 부자를 잡아먹을 것처럼 길고 날카
로운 이빨을 들이밀었어요. 벌벌 떨고 있는 최 부자의 등 뒤
에는 식은땀이 주르륵 흘러내렸어요.

"제발, 이번 한 번만 살려 주십시오. 목숨만 살려

주신다면 앞으로 좋은 일만 하고 살겠습니다."

최 부자는 무릎을 꿇고 이무기에게 빌기 시작했어요.

"네놈을 당장에 잡아먹었으면 좋겠지만, 네 부인이 너의 이름으로 착한 일을 했기 때문에 너를 살려 주겠다. 앞으로는 부인을 본받아 착한 일을 많이 하면서 살도록 해라!"

최 부자는 뱃전에 얼굴을 파묻고 연거푸 고개를 숙이며 이무기에게 감사의 절을 했어요. 얼마나 절을 했을까요? 최 부자가 얼굴을 들어 보니 커다란 이무기는 간데없었지요.

'그래, 그동안 가난한 사람들은 거들떠보지도 않고 평생 내 욕심만 채우고 살았어.'

그 길로 최 부자는 뱃머리를 돌려 다시 버들골로 돌아왔어요. 집에 돌아오니 부인이 눈물을 흘리며 최 부자에게 이야기했어요.

"여보, 제가 당신 뜻도 묻지 않고 일을 저질러 버렸어요. 부디

저를 용서해 주세요."

"부인, 잘 하셨소. 나는 부인 덕분에 이렇게 목숨을 건지고 살아 돌아온 것이오. 앞으로는 어려운 사람들을 도우면서 사람답게 살아 봅시다."

최 부자는 한강에서 있었던 일을 부인에게 이야기해 주었어요.

그 뒤로 최 부자는 버들골에서 가장 인심 좋은 사람으로 통하게 되었고 좋은 일을 많이 해 재물도 더 많이 모으게 되었답니다.

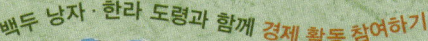

용돈을 계획적으로 써요

우리 친구들은 부모님으로부터 받은 용돈을 어떻게 사용하고 있나요? 혹시 아무 계획도 세우지 않고 쓰고 있지는 않나요?

부모님께 받은 용돈을 계획적으로 알뜰하게 쓰려면 용돈 기입장을 만드는 것이 좋아요. 그러면 용돈 기입장은 어떻게 만들어야 할까요?

먼저 용돈을 받기 전에 자신이 얼마큼의 용돈을 받을 것인지를 생각해 보아요. 그리고 자신이 쓸 돈을 학용품비, 간식비 등 여러 항목으로 나누어서 나에게 용돈이 얼마나 필요한지 종이에 적으면 돼요.

그런 다음 항목별로 적은 종이를 부모님께 보여 드리고, 꼭 필요한 만큼만 용돈을 받아요. 용돈을 받을 때 부모님께 용돈을 어떻게 쓸 것인가에 대한 도움말을 듣는다면 용돈 계획을 세우기가 한결 쉬워질 거예요.

용돈 계획을 세울 때에는 일주일에 한 번 받을 것인지 한달에 한 번 받을 것인지 예산을 정하는 것이 좋아요.

용돈 기입장을 쓸 때에는 아주 사소한 지출이라도 꼼꼼하게 적어야 해요. 그렇지 않으면 나중에 쓴 돈과 남은 돈을 계산할 때 맞지 않는 경우가 생길 수 있으니까요. 이 때 받은 용돈의 액수보다 쓴 돈이 더 많다면 빨간색으로 표시를 해 둬요. 그러면 다음에 용돈 계획을 세울 때 도움이 될 거예요.

용돈 기입장

용돈 기입장은 귀찮더라도 매일매일 쓰는 습관을 기르는 게 필요해요. 하루하루 미루기 시작하면 나중에는 돈을 어디에다 썼는지 잘 기억나지 않을 테니까요. 이렇게 용돈 기입장을 쓰다 보면 용돈을 계획적으로 쓰고, 또 필요하지 않은 곳에는 돈을 쓰지 않는 알뜰한 어린이가 될 수 있을 거예요.

시간이 나면 경제 교육 프로그램을 들어보는 것도 경제 습관을 기르는 데 좋아요.

조상 빚까지 갚은 삼돌이

"사람 살려! 사람 살려!"

술에 취한 채 통나무 다리를 건너던 삼돌이는 강물에 빠지고 말았어요. 술을 너무 많이 마신 탓에 몸을 마음대로 움직일 수 없었거든요. 삼돌이는 허우적거리면서 누군가가 자신을 도와주기를 간절히 바랐어요. 하지만 달도 뜨지 않은 깜깜한 밤에 깊은 강물에 뛰어들 사람은 쉽게 나타나지 않았지요. 삼돌이는 물속에서 곧 죽게 될 것만 같았어요.

"제발 좀 도와주세요. 어푸어푸, 저를 살려 주시면 백 냥을 드리겠습니다!"

다급해진 삼돌이가 외쳤어요. 때마침 다리를 건너던 덕칠이가 삼돌이의 외침을 듣게 되었어요. 덕칠이는 위험을 무릅쓰고 얼른 강물에 뛰어들어 삼돌이를 구해 주었어요.

"헉헉, 십년감수했네!"

간신히 목숨을 구한 삼돌이는 강가에 누워서 가쁜 숨을 몰아쉬었어요. 삼돌이를 구하느라 지칠 대로 지친 덕칠이도 강가의 풀밭에 털썩 주저앉았어요.

잠시 후 정신을 차린 덕칠이가 삼돌이에게 물었어요.

"헥헥, 그나저나 백 냥은 언제 줄 거요?"

그제야 삼돌이는 자신이 한 약속이 머리에 떠올랐어요. 그런데 막상 목숨을 구하고 나니 마음이 흔들렸어요. 삼돌이는 무더운 여름에도 부채질을 하면 부채가 닳을까 봐 부채를 손에 들고 자신의 고개를 흔들어 댈 정도로 구두쇠였거든요.

'아, 내가 괜한 약속을 했구나. 앉은 자리에서 피 같은 내 돈 백 냥이 그냥 나가게 생겼네. 아이고, 아까워라!'

삼돌이는 이대로 덕칠이에게 돈을 줄 수는 없다고 생각했어요.

"지금은 가진 돈이 없으니, 내일 날이 밝는 대로 우리 집으로 오시오. 그때 백 냥을 드리리다."

삼돌이는 덕칠이에게 자신이 사는 집을 가르쳐 주었어요.

덕칠이는 날이 밝자마자 삼돌이네 집으로 찾아갔어요.

"자, 이제 약속한 백 냥을 주시지요."

"아니, 내가 언제 당신한테 백 냥을 준다고 했단 말이오?"

덕칠이는 너무나 기가 막혔어요. 위험을 무릅쓰고 목숨을 구해 주었건만 고맙다는 말은커녕 약속을 지키지 않는 삼돌이가 얄미워 견딜 수 없었어요.

덕칠이는 대청마루에 벌렁 누워서 돈을 달라고 졸랐어요. 하지만 지독한 삼돌이는 꼼짝도 하지 않았지요.

　덕칠이는 다음 날도, 그 다음 날도 계속 삼돌이네 집을 찾아갔
어요. 한 달 동안 매일 삼돌이네를 찾아갔지만 삼돌이는 덕칠이
를 만나 주지도 않았어요.

　'쳇, 정말 이럴 수가 있는 거야? 어디 두고 보자. 내 반드시 백
냥을 받아 내고 말 테니…….'

덕칠이는 돈 백 냥을 못받는 것보다 삼돌이의 행동에 화가 나 참을 수가 없었어요. 그래서 삼돌이를 골려줄 방법을 곰곰이 생각했어요.

"그래, 그렇게 하면 되겠구나!"

덕칠이는 집에 돌아오자마자 가족들에게 자신이 죽었다고 소문을 내게 했어요.

덕칠이가 죽었다는 소문은 돌고 돌아 삼돌이의 귀까지 들어갔어요.

"덕칠이가 죽었다고? 이제 정말 백 냥을 갚지 않아도 되겠구나, 낄낄."

그러자 곁에 있던 삼돌이의 부인이 고개를 저으며 말했어요.

"여보, 당신 목숨을 구해 준 은인인데, 초상집에 문상이라도 다녀오세요."

"그래, 덕칠이 덕분에 목숨을 건졌으니 내 문상은 다녀오지."

삼돌이는 옷을 갈아입고 사람들에게 물어물어 덕칠이네 집으로 문상을 갔어요. 백 냥을 갚지 않아도 되어서 콧노래가 절로 나왔어요.

삼돌이는 덕칠이의 관 앞에서 향을 피우고 절을 했어요. 덕칠이가 죽었다는 소식을 듣고, 백 냥을 주지 않아도 된다는 생각에 기쁘기만 했던 삼돌이도 막상 덕칠이의 관을 보니 마음이 착잡해졌어요. 며칠 전까지만 해도 자신의 집 대청마루에 벌렁 드러누워 백 냥을 내놓으라고 큰소리치던 덕칠이의 모습이 눈에 아른거렸거든요.

"덕칠이, 내 비록 당신에게 지독하게 굴었지만 저 세상 가서는 모든 것을 다 잊고 행복하게 사시오."

삼돌이는 잠시 눈을 감고 덕칠이의 명복을 빌었어요. 그런데 삼돌이가 문상을 마치고 일어서려는 순간이었어요. 갑자기 관 뚜껑이 열리더니 관 속에 누워 있던 덕칠이가 벌떡 일어나는 것이 아니겠어요?

"꺅! 귀신이다!"

"으악, 죽은 사람이 다시 살아났다!"

사람들은 집 안 곳곳에서 비명을 지르면서 사방으로 달아났어요. 하지만 삼돌이는 꼼짝도 할 수가 없었어요. 도망을 치려해도 두 다리가 뻣뻣하게 굳어 한 발자국도 움직일 수가 없었기 때문이에요.

덕칠이는 말없이 삼돌이를 노려보고 있었어요. 덕칠이의 모습

은 마치 귀신처럼 으스스했지요. 삼돌이는 두려움에 벌벌 떨면서 하얗게 질린 얼굴로 덕칠이를 바라볼 수밖에 없었지요.

"아니, 더……, 덕칠이. 당신은 이미 죽지 않았소?"

"물론 죽었었지. 그런데 저승에서 만난 당신 조상님의 특별한 부탁 때문에 다시 이승으로 올 수밖에 없었소."

"아니, 당신이 우리 조상님을 만났다고?"

깜짝 놀라는 삼돌이에게 덕칠이는 저승에서 겪은 일을 이야기하기 시작했어요.

덕칠이가 저승에 도착하자마자 굶주림에 지친 사람 한 무리가 덕칠이를 맞아 주었어요. 그 사람들은 바로 삼돌이의 조상들이었지요. 살아 있을 때 지독한 구두쇠 노릇을 한 벌을 저승에서 받고 있었던 거예요.

삼돌이의 조상들은 덕칠이의 손을 꼭 붙잡고 눈물을 흘리면서 이렇게 말했어요.

"덕칠이, 우리 가문은 조상 대대로 지독하게 노랭이 짓을 해 왔다네. 평생 남을 위할 줄 모르고 나를 위해서만 살아 왔지. 그 벌로 저승에서는 이렇게 언제 끝날지도 모르는 헐벗고 굶주린 생활을 하고 있다네."

"그렇다네. 우리들이 죄를 용서 받으려면 후손인 삼돌이가 사람들에게 덕을 베풀어야만 한다네. 그런데 삼돌이가 우리보다 더 지독한 구두쇠 노릇을 하고 있기 때문에 가문의 죄를 용서받을 길이 없지 뭔가? 그러니 자네가 이승으로 다시 돌아가 삼돌이에게 이 말을 해 주었으면 좋겠네."

옆에서 이 말을 듣고 있던 저승사자도 특별히 덕칠이를 이승으로 보내 주었어요. 덕칠이는 삼돌이에게 조상들의 이야기를 전한 후에 손을 잡으며 말했어요.

"삼돌이, 이제부터라도 가난한 사람들에게 조금만 베풀면서 살지 않겠소? 저승에서 힘겨워 하는 조상들을 생각해서라도 말이오. 그러면 앞으로는 당신 가문이 대대로 복을 받을 것이오."

그 날 이후 삼돌이는 예전과는 다른 사람이 되었어요. 덕칠이의 말대로 가난하고 힘 없는 사람을 도우며 살기 시작했거든요. 물론 덕칠이 돈 백 냥은 바로 갚았고요.

무공해 비누를 만들어요

우리는 매일 비누를 사용하고 있어요. 우리들이 집에서 흔히 사용하는 비누는 지방과 여러 화학 물질, 야자의 기름 등을 섞어서 만드는데 비누에 들어가는 여러 가지 화학 물질 때문에 물이 오염되기도 해요. 매우 안타까운 일이지요. 하지만 튀김을 하고 남은 기름을 이용해 물을 오염시키지 않는 무공해 비누를 만들 수 있어요.

야자

무공해 비누는 쓰고 남은 식용유 3리터, 수산화나트륨 450그램, 뚜껑이 있는 스티로폼 상자, 물 8리터, 헌 기름통, 고무장갑, 막대기로 만들수 있어요.

먼저 수산화나트륨 450그램을 헌 기름통에 담은 다음, 물 8리터를 천천히 부어요. 잘못하면 수산화나트륨 용액이 튀어 화상을 입을 수 있으니 반드시 고무장갑을 낀 다음 어른과 함께 만들어야 해요.

그런 다음 막대기로 천천히 저으면서 수산화나트륨을 녹여요. 수산화나트륨이 다 녹으면 쓰고 남은 식용유를 천천히 붓고, 20분 정도 한 방향으로 계속 저어 주세요.

무공해 환경 비누는 물이
오염되는 것과 식용유를
재활용할 수 있는 장점이 있어요.

　어느 정도 시간이 흐르면 모양 틀에 부은 다음 뚜껑을 덮어요. 그리고 따뜻하고 바람이 잘 통하는 곳에서 이틀 정도 말려요. 비누가 어느 정도 말랐으면 뒤집어서 적당한 크기로 자른 다음 다시 말려요. 그러면 무공해 환경 비누가 완성된답니다.

　무공해 비누를 만들 때에는 반드시 어른과 함께 만들어야 해요. 어린이들끼리 하기에는 수산화나트륨 때문에 위험하니까요.

생활하수가 물 오염의
주요 원인이라는 것을
알고 있나요?

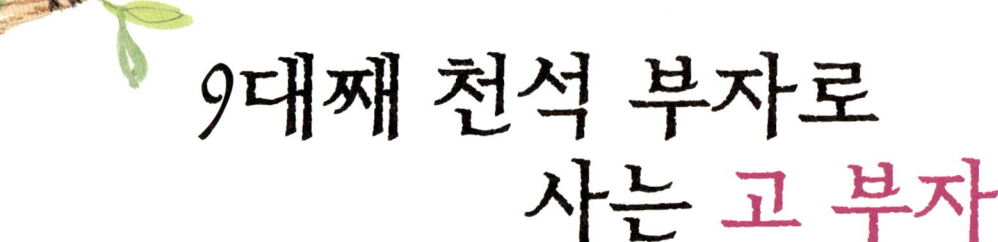

9대째 천석 부자로
사는 고 부자

"내가 너같이 가난한 놈을 어떻게 믿고 돈을 빌려 준단 말이냐?"

황 부자의 커다란 목소리가 대청마루를 쩌렁쩌렁 울렸어요. 마당에서는 지석이가 무릎을 꿇은 채 울고 있었지요.

"나리, 돈은 반드시 갚겠습니다. 지금 약을 못 드시면 어머니가 돌아가실 거예요."

지석이는 닭똥 같은 눈물을 뚝뚝 흘리며 애원했어요. 마당에 서 있던 하인들도 옷고름으로 눈물을 훔쳤어요.

"아니, 그렇게 얘기를 해도 못 알아듣는단 말이냐? 여봐라, 당장 이 녀석을 끌어내지 않고 뭣들 하느냐!"

황 부자는 하인을 시켜 울부짖는 지석이를 끌어냈어요.

황 부자는 샘골 마을에서 가장 재산이 많은 천석꾼이었지요. 하지만 마을 사람들은 인색한 그를 좋아하지 않았어요.

"황 부자는 인정이라곤 털끝만큼도 없는 고약한 사람이야."

"그저 자기 재산밖에 모르는 지독한 인간이지."

황 부자도 사람들이 자신에 대해 어떻게 말하고 다니는지 알고 있었어요. 하지만 다른 사람의 말 따위에 귀를 기울일 사람이 아니었지요.

'천석 부자는 뭐 아무나 되는 줄 알아? 불쌍한 사람을 도와주다가는 평생 모은 재산을 삽시간에 날려 버리고 말 거야.'

돈밖에 모르는 황 부자에게는 자손 대대로 많은 재산을 지켜야 한다는 고민이 있었어요.

그러던 어느 날, 황 부자는 장터에서 고 부자의 소문을 듣게 되었어요.

빛나는 곡식 부자

“벗나무골에 사는 고 부자라는 사람은 9대째 천석 부자로 살아
왔다더군.”

황 부자는 사람들의 이야기에 입을 다물지 못했어요. 3대도 지
키기 힘든 재산을 9대까지 지키다니 말이에요.

황 부자는 곧장 벗나무골의 고 부자를 찾아갔어요. 그런데 마
침 고 부자가 집에 없었어요. 하인은 황 부자를 사랑방으로 안내
해 주었어요.

“오늘은 여기서 하룻밤을 주무시고, 내일 주인어른이 오시면
만나 보시지요.”

황 부자는 신발을 벗고 사랑방으로 들어갔어요. 먼 길을 걸어
온 탓에 온몸이 노곤해지면서 피로가 밀려왔어요. 황 부자는 이
불을 내려 펴고는 잠을 한숨 청했어요. 얼마나 지났을까요? 황
부자는 배에서 들려오는 ‘꼬르륵’ 소리에 잠을 깼어요.

황 부자는 이제나저제나 하인이 밥상을 들고 방문을 열어 주기
만을 기다렸어요. 그런데 점심때가 훌쩍 지나고 해가 뉘엿뉘엿
저물도록 밖에서는 인기척 하나 들리지 않았어요. 깜깜한 밤이
되도록 황 부자는 아무것도 먹을 수가 없었어요.

‘에이, 고약한. 이렇게 구두쇠 노릇을 해서 재산을 지킨 것이

로군.'

　황 부자는 고 부자가 괘씸해서 견딜 수가 없었어요. 결국 황 부자는 물 한 모금 얻어먹지 못하고 하룻밤을 보내야 했어요.

　이튿날, 황 부자는 고 부자의 얼굴을 보게 되었어요. 황 부자는 퉁명스럽게 고 부자에게 말을 건넸어요.

　"9대째 천석 재산을 지키기 위해서 손님에게 아무것도 주지 않은 거요? 거 인정 한번 사납수다."

　그러자 고 부자가 대답했어요.

　"당신은 당대 천석 부자라고 얘기를 들었소. 천석 부자가 되려면 평생 자기만 알며 살았을 텐데, 당신 같은 사람에게는 물 한 모금도 줄 수 없소."

황 부자는 어이가 없었어요. 9대나 천석 부자로 산 고 부자가 자기보다 훨씬 구두쇠로 살았을 텐데 말이에요. 황 부자는 그길 로 대문을 박차고 나왔어요.

한참을 걷다 보니 주막이 보였고, 배고픈 황 부자는 주막 안으로 들어갔어요. 주막 안에는 사람들이 여럿 모여 있었어요. 황 부자는 자리를 잡고 앉아 국밥과 막걸리를 시켜 먹었어요. 한창 밥을 먹고 있는데 사람들의 이야기 소리가 들려 왔어요.

"고 부자 같은 양반은 이 세상에 둘도 없을 거야. 이번에도 논이 없는 박 서방에게 논 한 마지기를 그냥 주었다며?"

"올해만 벌써 몇 명 째야? 그러니 복을 받아 대대로 부자로 살지."

고 부자에게 물 한 모금 얻어먹지 못한 황 부자는 사람들의 말을 이해할 수 없었어요. 그래서 그들에게 물어 보았어요.

"내가 알기로 고 부자는 인색하기 짝이 없는 사람인데, 그 사람이 그렇게 좋은 일을 많이 한단 말이오?"

"아니, 고 부자 나리가 왜 인색하단 말입니까? 고 부자 나리야말로 벚나무골에서 가장 인정 많은 분인데……."

막걸리 한 사발을 시원하게 들이마신 농부가 입을 열었어요. 농부는 황 부자에게 고 부자에 대한 이야기를 더 들려주었어요.

"고 부자 나리는 농사를 지을 때마다 언제나 천 석만 가지세요. 만약 천 석 이상의 수확을 거둘 때에는 그 돈으로 땅을 산 다음 전부 가난한 사람들에게 나누어 주어 농사를 짓게 해 줘요. 물론 농사를 지어 거둔 농작물은 모두 농사를 지은 사람들이 가지고요."

황 부자는 깜짝 놀랐어요. 언제나 천 석만 가지는 고 부자의 농사가 잘되면 잘될수록 많은 사람들이 땅을 가질 수 있

게 되는 거였어요. 결론적으로 고 부자가 잘되는 일은 마을 전체가 잘되는 일이었어요. 그래서 사람들이 언제나 고 부자를 위해 기도를 올려 주니, 자연히 고 부자는 계속 천 석의 재산을 지켜 올 수 있었던 것이지요. 이웃을 생각하는 너그러운 마음 덕분에 고 부자는 9대 동안이나 천 석 재산을 지켜 올 수 있었던 거예요. 황 부자는 고 부자의 너그러운 마음에 큰 깨달음을 얻었어요. 그러고는 마을에 돌아가 가난한 사람을 돌보기 시작했답니다.

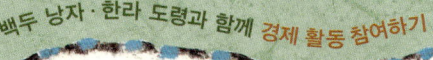
전기를 아껴요

전기가 없다면 우리들의 생활은 어떻게 될까요?

우선 재미있는 텔레비전도 볼 수 없고, 신 나는 컴퓨터 게임도 할 수 없을 거예요. 또는 캄캄해도 불을 켤 수 없어 세상은 온통 어둠으로 변하게 될 거예요. 그만큼 전기는 우리 생활에 꼭 필요한 것이지요.

그런데 이처럼 중요한 전기를 우리는 평소에 너무 쉽게 낭비하곤 해요.

우리들이 무심코 하는 행동이 얼마나 많은 전기를 낭비하는지 알고 있나요?

컴퓨터를 사용하지 않는 상태에서 모니터를 켜면 형광등 두 개를 켜 두는 것만큼의 전력이 소비되지요. 우리가 조금만 신경 써서 쓰지 않는 컴퓨터 모니터

절전 제품을 구매하는 것도 전기를 절약하는 좋은 방법이에요.

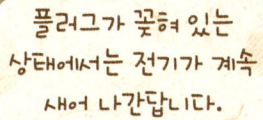

플러그가 꽂혀 있는 상태에서는 전기가 계속 새어 나간답니다.

를 켜 놓는 시간을 한 시간만 줄이면 1년에 약 360억 원이라는 어마어마한 돈을 절약할 수 있다고 해요.

그리고 텔레비전이나 컴퓨터를 끌 때에는 반드시 플러그까지 뽑으세요. 플러그를 꽂아 둔 상태에서는 계속 전기가 새어 나가니까요.

텔레비전의 경우 플러그를 그대로 꽂아 두면 계속 전력이 소모가 돼요. 만약 하루 8시간씩 텔레비전의 플러그를 뽑아 두면 1년에 약 57억 원의 돈을 절약할 수 있어요.

냉장고 문을 많이 열어도 전력 소비가 많아져요. 그러니까 냉장고 문을 자주 열지 말고, 한 번 열었을 때 한꺼번에 음식을 꺼내는 습관을 들이는 것이 좋답니다.

구두쇠를 혼내 준
봉이 김 선달

"아니, 맹 꼽추라는 사람이 어느 정도인데 모두 그 사람 이야기만 하는 거요?"

주막 한구석에서 혼자 술을 마시고 있던 나그네가 사람들에게 물었어요. 이 사람은 봉이 김 선달인데, 조선 팔도를 방랑하면서 운치 있는 시를 쓰거나 나쁜 사람을 골려주기도 하던 선비였어요.

"아이고, 말도 마십시오. 맹 꼽추가 얼마나 지독한지 아마 상상도 못 하실 겁니다."

"그럼요, 어쩌면 너무 지독하게 구두쇠 노릇을 해서 그 벌로 대대로 꼽추로 사는지도 모르지요."

사람들은 얼마 전에 있었던 일을 김 선달에게 이야기해 주었어요.

맹 꼽추는 아버지와 강을 건너다가 급한 물살에 휘말렸어요. 맹 꼽추는 겨우겨우 급류를 빠져 나왔지만 나이가 많은 아버지는 쉽게 빠져 나오지 못했어요. 강가에서 맹 꼽추는 동네 쪽을 향해 소리쳤어요.

"사람 살려요! 우리 아버지가 물에 빠지셨어요. 돈은 얼마든지 드릴 테니 제발 아버지 좀 구해 주세요!"

마침 지나가던 사람을 발견한 맹 꼽추가 그 사람에게 달려가서 도움을 요청했어요.

그러자 물에 빠져서 허우적대던 맹 꼽추의 아버지가 화를 내며 말했어요.

"야, 이놈아! 돈을 얼마든지 주다니, 그게 무슨 말이냐? 석 냥 이상은 절대 못 준다고 해라. 저놈이 아직도 돈 귀한 것을 모르고……."

　미련한 맹 꼽추는 아버지의 말대로 지나가던 사람과 돈을 가지고
흥정을 시작했어요. 하지만 얼마 지나지 않아 아버지는 물에 빠져
죽고 말았지요.

　아버지가 돌아가신 뒤 맹 꼽추는 더 지독하게 구두쇠 노릇을

했어요. 거지가 동냥을 하러 오면 바가지를 깨고, 실컷 부려먹은 머슴에게 품삯을 주기는커녕 빈손으로 쫓아내기 일쑤였어요.

맹 꼽추의 이야기를 다 듣고 난 김 선달은 생각했어요.

'그렇게 못된 사람을 그냥 놔 둘 수 없지. 계속 지독한 짓을 하다가는 큰 코 다친다는 사실을 깨닫게 해줘야겠다.'

김 선달은 사람들에게 용한 의원이 마을 주막에 왔다는 소문을 내게 했어요. 그 소문은 금세 맹 꼽추의 귀에도 전해졌어요. 맹 꼽추는 평소 자신의 굽은 등을 고치고 싶었기에 부리나케 주막으로 달려갔지요.

"의원님! 제발 제 등을 한번 봐 주십시오."

"너무 걱정하지 마시오. 내 당신 같은 사람을 많이 고쳐 보았소. 나만 믿으면 금방 고칠 수 있소."

김 선달의 말에 맹 꼽추는 기분이 좋았어요. 그래서 김 선달과 함께 집으로 향했지요. 맹 꼽추네 집은 으리으리한 아흔아홉 칸 기와집이었어요.

집 안에 들어서자 김 선달이 점잖게 말했어요.

"당신 얼굴빛을 보니 몸이 많이 약한 듯하오. 좋은 약도 몸이 건강해야 듣는 법이오. 그러니 소를 잡아서 열흘 동안 쇠고기 요리만 해 먹도록 하시오.”

‘소를 잡으라고? 내가 어떻게 기른 소인데……. 아니야! 그래도 평생 꼽추로 사는 것보다는 소를 잡는 게 낫지.’

맹 꼽추는 눈물을 머금고 소를 잡아 음식을 만들었어요. 오색 빛깔의 산적도 만들고, 지글지글 불고기도 만들고, 구수한 고깃국도 끓였어요.

맹 꼽추는 재산이 아까웠지만 병을 고치겠다는 생각에 꾹 참았어요. 열흘 동안 쇠고기 요리를 하느라 맹 꼽추는 집 안의 소를 다 잡아야 했지요. 열흘이 지나고 맹 꼽추가 김 선달에게 말했어요.

“저, 의원님. 열흘 동안 쇠고기로 몸보신을 했으니 이제 약을 지어 주시지요.”

“좋소. 그럼 진맥부터 짚어 볼까?”

김 선달은 맹 꼽추의 맥을 잡고 한동안 심각한 표정을 짓고는 고개를 절레절레 흔들며 말했어요.

“허, 당신의 몸은 나아졌는데 이번에는 마음이 문제구려. 앞으로 한 달 동안 돼지와 닭을 잡아 마을 사람들에게 베풀어야겠소. 그러면 몸과 마음의 기가 보충될 것이오.”

맹 꼽추는 펄쩍 뛰었어요. 그동안 잡은 소들도 아까워서 밤에 잠도 안 올 지경인데 이번에는 돼지와 닭까지 잡아야 하다니 눈 앞이 캄캄해졌어요.

하지만 꼽추 신세를 면할 수 있다는 말에 이번에도 어쩔 수 없이 김 선달의 말에 따르기로 했어요. 맹 꼽추는 준비한 음식을 가지고 날마다 잔치를 벌였어요.

잔치는 한 달 동안이나 계속 이어졌어요. 덕분에 마을 사람들 모두가 맛있는 음식을 배부르게 먹을 수 있었지요. 오랜만에 주린 배를 채운 사람들은 모두 기뻐했어요.

"정말 희한한 일이군. 천하에 둘도 없는 구두쇠 맹 꼽추가 잔치를 벌이다니 말이야."

"그러게 말이야. 어쨌거나 맹 꼽추 덕분에 사흘 만에 배를 채워 보네그려."

드디어 약속한 한 달이 지나자 김 선달이 입을 열었어요.

"이제 당신의 몸과 마음이 많이 건강해졌소. 오늘부터 약을 쓸 테니 하인들에게 떡판과 떡메를 가져오게 하시오."

맹 꼽추는 잔뜩 기대하고 떡판과 떡메를 가져왔어요. 김 선달은 두 손에 떡메를 들고는 맹 꼽추에게 말했어요.

"자, 이 떡판 위에 엎드리시오."

"예? 떡판 위에요?"

맹 꼽추는 영문도 모른 채 떡판 위에 엎드렸어요. 김 선달은 들고 있던 떡메를 하늘 높이 치켜들고는 떡메로 떡을 치듯 맹 꼽추의 등을 내리쳤어요.

"으악! 사람 살려. 아니 도대체 무엇을 하시는 겁니까?"

갑작스런 떡메 세례를 받은 맹 꼽추는 너무 놀라 벌떡 일어났어요. 두 눈에서 눈물이 찔끔 나왔고, 떡메로 맞은 등은 끊어질 듯 아팠어요.

"이 떡메로 쳐서 자네의 굽은 등을 펴려는 것일세. 굽은 등을 펴는 데는 떡메가 최고라고!"

"이렇게 하면 정말로 허리가 펴진단 말이지요?"

맹 꼽추의 얼굴은 겁에 질려 새파랗게 변해 있었어요. 하지만 굽은 등을 펼 수 있다는 말에 벌벌 떨며 다시 엎드렸어요.

"자 한 대 더 때리네. 퍼억!"

"으악!"

두 대까지 맞자 맹 꼽추가 더는 참지 못하고 소리치며 떡판에서 일어나 도망치기 시작했어요.

"의원님, 평생 꼽추로 살아도 좋습니다. 이러다가는 떡메에 맞아 죽고 말 거예요."

놀란 맹 꼽추는 한 손으로 등을 잡고 뒤뚱거리면서 '걸음아 나 살려라' 하고 대문 밖으로 내달렸어요.

그 모양새가 어찌나 안돼 보였던지 마을 사람들은 맹 꼽추를 보고 이렇게 말해 주었어요.

"그래도 당신 덕분에 마을 사람들 모두 한 달 동안 맛난 음식들
을 실컷 먹지 않았소? 당신 뜻이야 어떻든 이번 기회에 좋은 일
을 했으니, 다음 세상에서 당신의 꼽추병을 꼭 고칠

수 있을 거예요."

그날 이후, 마을 사람들은 좋은 약초나 좋은 물건이 있으면 맹 꼽추에게 가져다 주었어요.

"이번 명절에 큰댁에서 가져온 약초라오. 이 약초를 다려 먹으면 뼈에 좋다고 하니 먹어 보세요."

"중국에 사신으로 갔던 아들이 구한 옥베개예요. 베고 자면 기운이 좋아진데요."

마을 사람들이 자기를 챙겨주자 맹 꼽추는 서서히 마음을 열게 되었어요. 그래서 재산만을 아끼는 마음을 버리고 사람들과 잘 지낼 수 있었답니다.

음식물 쓰레기를 줄여요

　우리 조상들은 손님이 오시면 상다리가 부러질 정도로 음식을 차려서 대접해야 예의에 어긋나지 않는다고 생각했어요. 그러다 보니 음식을 먹은 다음 생기는 쓰레기 양이 많았답니다. 우리나라에서 나오는 쓰레기 가운데 35퍼센트가 음식물 쓰레기라고 하니 그 양이 정말 엄청나지요?

　각 가정과 음식점에서 나오는 음식물 쓰레기는 1년에 36만 톤이나 된다고 해요. 이렇게 버려지는 음식물 쓰레기는 우리 국민들이 14일 동안이나 먹을 수 있

음식물 쓰레기를
오리의 먹이로
이용하기도 해요.

는 분량이에요. 이것을 비용으로 계산해 보면 7조 원도 넘는 돈이지요.

우리가 집에서 맛있는 음식을 먹기까지는 많은 사람들의 노력과 돈이 들어요. 이처럼 많은 노력과 비용을 들여서 만든 음식물을 쓰레기로 버린다는 것은 너무나 안타까운 일이에요.

어떻게 하면 음식물 쓰레기를 줄일 수 있을까요?

음식을 만들 때에는 꼭 필요한 양만 만들고, 먹을 때에도 각자 먹을 만큼만 덜어 먹는 습관을 기르면 돼요. 그리고 외식을 할 때 남은 음식은 싸 가지고 오는 지혜도 필요하지요.

그리고 음식물 쓰레기를 버릴 때에는 반드시 물기를 꼭 짜서 버려요. 물기가 많은 음식물 쓰레기는 땅 속에서 썩을 때 땅을 오염시키기 때문이에요.

이렇게 음식물 쓰레기를 줄이면 다른 나라에서 수입해 오는 곡식의 양도 줄일 수 있어서 가정 경제는 물론 국가 경제에도 많은 보탬이 된답니다.

일반 쓰레기와 음식물 쓰레기를 잘 분리해서 버려야 재활용을 쉽게 할 수 있답니다.

음식물 쓰레기 재활용센터

지독한 자린고비 김 영감

‘아이고, 날씨 한번 정말 좋구나.’

꽃들이 꽃망울을 활짝 연 맑은 봄날 아침이었어요. 김 영감은 상쾌한 봄 냄새를 맡기 위해 마당으로 나와 하늘을 바라보면서 허리를 쭉 펴 보았어요. 코끝을 찌르는 향긋한 꽃냄새가 김 영감의 기분을 들뜨게 했어요.

‘이런 날에는 장독 뚜껑을 활짝 열어 놓아야 해. 그래야 장이 구수하게 잘 익는단 말이지.’

김 영감은 장독대로 발길을 옮긴 다음, 허리를 굽혀 장독 뚜껑을 하나하나 열어 놓기 시작했어요. 독마다 그득 담겨 있는 장을 보니 절로 배가 불러지는 것 같았지요. 그런데 김 영감이 마지막 장독 뚜껑을 여는 바로 그 순간이었어요.

갑자기 ‘앵앵’ 하는 소리가 들리더니 어디선가 파리 한 마리가 날아와서 간장 독 안에 살며시 내려앉더니 날아가는 게 아니겠어요?

‘아니, 이놈의 파리가 남의 귀한 간장에 앉다니!’

김 영감은 너무 화가 났어요. 김 영감은 온동네에 자린고비로 소문난 사람이었거든요.

‘분명히 파리 뒷다리에 우리 집의 간장이 붙어 있을 거야. 내

 도저히 가만히 있을 수 없다!'

  김 영감은 날아가는 파리를 잡기 위해 파리의 뒤를 쫓아 뛰기
시작했어요. 하지만 사람이 파리를 쫓아가기란 그리 쉬운 일이
아니었지요. 파리는 발이 느린 김 영감을 놀리기라도 하는 듯이
눈앞에서 빙빙 돌며 빠르게 날아갔어요.

"이 나쁜 파리야! 게 섰거라!"

김 영감은 어느새 마을 뒷산을 넘고 건넛마을의 산을 또 넘어 파리를 쫓고 있었어요. 파리는 김 영감 손에 잡힐 듯 잡힐 듯 하면서 계속 날아갔어요.

"헉헉……."

김 영감은 턱까지 차오르는 숨을 몰아쉬면서 쉬지 않고 달렸어요. 파리를 쫓아가면 쫓아갈수록 김 영감의 두 다리는 후들후들 떨리고 온몸은 찌릿찌릿 저려 오기 시작했어요. 하지만 포기할 수는 없었어요. 김 영감은 소맷자락으로 이마에 맺힌 땀방울을 훔치면서 이를 악물고 달렸어요. 드디어 조금만 손을 뻗으면 파리가 잡힐 정도로 거리가 좁혀졌어요.

"네 이놈!"

김 영감은 죽을힘을 다해 두 손을 뻗쳐서 간신히 파리를 잡았어요.

"고얀 파리놈아, 결국은 내 손에 잡혔구나."

김 영감의 얼굴에 함박웃음이 피어났어요. 김 영감은 파리를 가지고 집으로 돌아왔어요.

"아니, 영감. 도대체 어디를 다녀오시는 거예요?"

다 늦게 파김치가 되어 돌아온 김 영감의 모습을 보고 부인이 물었어요. 김 영감은 부인에게 오늘 있었던 일을 이야기해 주었어요.

"당신도 참 지독하시네요."

부인은 쓴웃음을 지으며 저녁상을 차려 왔어요. 김 영감은 파리의 뒷다리를 숟가락에 툭툭 털고 만족스러운 표정을 지었어요. 그러고는 반찬이라고는 간장만 있는 저녁을 맛있게 먹었지요.

"끄윽, 하도 오랫동안 뛰어서 그런지 오늘 저녁은 유난히 맛이 좋구려."

김 영감은 부른 배를 쓸어내리고는 잠자리에 들었어요. 한창 달게 자고 있던 김 영감은 부스럭거리는 소리에 잠이 깼어요.

'아니, 이 밤중에 누가 왔나?'

졸린 눈을 비비며 김 영감이 방문을 열자, 갑자기 '어흥!' 하는 소리와 함께 커다란 호랑이 한 마리가 방 안으로 뛰어들었어요.

"에구머니!"

함께 잠을 자던 부인이 너무 놀라 벌떡 일어났어요.

"호랑이님, 제발 한 번만 살려 주세요. 목숨만 살려 주신다면 이 방 안에 있는 모든 물건을 가져가셔도 좋습니다."

부인은 벌벌 떨면서 호랑이에게 빌었어요. 그때 김 영감이 소리쳤어요.

"이 방 안에 있는 물건들은 모두 내가 열심히 일을 해서 모은 내 재산이오. 그러니 절대 손을 댈 수 없소!"

김 영감의 말에 호랑이와 부인은 어처구니없었어요.

"정말 겁이 없는 늙은이로군. 감히 누구에게 명령을 하는 거야?"

화가 난 호랑이는 김 영감을 물고는 훌쩍 담을 넘어갔어요. 그 모습을 본 김 영감의 부인은 집안 사람들에게 소리쳤어요.

"큰일 났다. 아버님이 호랑이에게 잡혀 갔다!"

김 영감의 집안은 발칵 뒤집혔어요. 아들은 활과 화살을 들고 얼른 호랑이를 쫓아 달렸어요. 호랑이는 순식간에 마을을 벗어나 산 속으로 달아났어요. 달리기를 잘하는 아들은 잽싸게 호랑이를 따라잡았어요.

"이놈! 아버지를 놔라! 그러지 않으면 이 활로 너를 쏘겠다."

아들이 큰소리로 외쳤지만 호랑이는 입에 물고 있던 김 영감을 놓지 않았어요.

"하는 수 없군. 이제 네 목숨은 없다!"

김 영감의 아들은 화살 통에서 화살 하나를 꺼낸 다음 호랑이의 머리를 향해 활을 겨누었어요. 그때였어요.

"얘야, 호랑이의 머리를 향해 화살을 쏘면 안 된다!"

호랑이에게 물려 있던 김 영감이 아들을 향해 소리쳤어요.

"아니, 아버님. 그게 무슨 말씀이신가요?"

"호랑이의 머리를 향해 화살을 맞히면 가죽이 상할 것 아니냐? 그러면 애써 잡은 호랑이 가죽은 못 쓰게 될 거라고!"

아들은 기가 막혔어요. 목숨이 위태로운 상황에서도 그런 생각을 하는 아버지를 이해할 수 없었지요.

'하지만 호랑이의 머리를 쏘지 않으면 아버님을 구할 수 없어. 하는 수 없다.'

아들은 활시위를 당겼고 머리에 화살을 맞은 호랑이는 피를 흘리면서 쓰러졌어요.

"아버님, 어디 다치지는 않으셨지요?"

아들은 화살 통을 내던지면서 아버지에게 달려갔어요. 그러자 김 영감이 씩씩 거리면서 아들에게 화를 냈어요.

"이 못난 놈아! 호랑이 머리 한가운데에 화살을 꽂았으니 누가 이 가죽을 비싸게 산단 말이냐? 아이고, 힘들게 잡은 호랑이인데……. 이를 어쩌냐고!"

김 영감의 아들은 그저 멍하니 아버지를 바라보고 있는 수밖에 없었어요. 김 영감은 여전히 발을 구르며 호랑이의 얼굴을 안타깝게 바라보았지요.

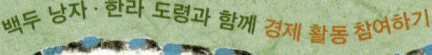

저축을 해요

　우리가 하는 아주 작은 일 하나가 나라에는 커다란 보탬이 되는 경우가 있어요. 나라의 경제도 살리고, 절약하는 습관을 몸에 익히는 방법으로 저축이 있어요. 부모님이나 명절에 친척 어른들에게 받은 용돈을 저금통에 모으는 것도 좋지만 직접적으로 경제 활동에 참여할 수 있는 더 좋은 방법으로 저축이 있답니다.

　저축을 하기 위해서는 먼저 가까운 은행에 가서 자신의 이름으로 통장을 만들어요. 그리고 돈이 생길 때마다 은행에 가서 저축을 해요.

　처음에는 돈이 모이는 것 같지 않지만 점점 시간이 지날수록 통장에 돈이 모여요.

　이처럼 국민 한 사람 한 사람이 저축을 늘려 가면 나라의 살림에도 많은 도움이 돼요. 그리고 저축한 액수에 따라 정기적으로 이자도 받을 수 있고, 도둑맞을 염려도 없답니다.

　해외 여행을 한 후 집에 남아 있는 외국 돈도 은행에 저축할 수 있어요. 외국 돈을 우리나라

적은 돈이라도 정성껏 모으면
나라 경제를 살릴 수 있는
큰 힘이 된답니다.

돈으로 바꿔서 저축하거나 외국 돈으로 저축할 수도 있어요.

우리나라가 외국에서 물건을 사 오거나, 외국에 빌린 돈을 갚을 때는 달러같은 외국 돈을 사용해요. 그래서 나라에서는 항상 충분한 양의 외국 돈을 준비해야 하지요. 만약 달러같은 외국 돈이 나라에 부족하게 되면 IMF 때처럼 국가 전체가 큰 어려움을 겪게 된답니다.

그러니 집 안에서 잠자고 있는 외국 돈을 은행으로 가지고 가서 저축을 한다면 어려워진 나라 경제에 큰 도움이 될 거예요.

은행에 가면 저축의 재미를
느낄 수 있는 상품들이
아주 많이 있어요.

노 영감과
꾀 많은 머슴 돌쇠

"나리, 제발 불 좀 켜주세요."

"이놈아, 말도 안 되는 소리 하지 마라. 이깟 밥 한 끼 먹자고 아까운 기름을 낭비한단 말이냐?"

모두가 잠든 캄캄한 밤, 자린고비로 소문난 노 영감이 머슴 돌쇠와 밥을 먹고 있었어요. 노 영감은 한밤중까지 돌쇠를 부려 먹은 다음에야 밥을 먹게 했어요.

밥을 먹을 때도 불을 켜지 않아서 밥이 코로 들어가는지, 입으로 들어가는지 모를 정도였지요.

'고약한 영감 같으니라고, 내 더는 못 참겠다. 어디 두고 보자. 언제까지 불을 끄고 밥을 먹는지…….'

돌쇠는 어떻게 하면 노 영감을 혼내 줄 수 있을까 궁리하기 시작했어요.

며칠 뒤, 노 영감과 함께 밥을 먹던 돌쇠는 하얀 김이 모락모락 나는 뜨거운 밥을 한 숟가락 가득 떴어요. 그러고는 노 영감이 밥을 먹으려고 입을 벌리려는 순간, 그 숟가락을 노 영감의 입에 쑥 집어넣었어요.

"앗, 뜨거워!"

갑자기 입 속으로 들어오는 뜨거운 밥 때문에 노 영감은 비명을 질렀어요. 온 입천장이 얼얼해졌거든요.

"이놈아, 남의 입에 뜨거운 밥을 넣으면 어떡한단 말이냐?"

화가 난 노 영감이 버럭 소리를 질렀어요. 그러자 돌쇠가 실실 웃으면서 대답했어요.

"죄송합니다, 나리. 저는 제 입인 줄 알았거든요. 방 안이 워낙 어두워서 말입니다."

머쓱해진 노 영감은 그 날 이후로 저녁 식사를 할 때에는 불을 켜고 밥을 먹었지요.

　그러던 어느 날, 건넛마을에 사는 노 영감의 친구, 달재가 찾아왔어요.

　"여보게, 잘 지냈는가?"

　노 영감은 오랜만에 찾아온 친구를 반가워하기는커녕 오히려 귀찮게 생각했어요.

　'에이, 분명 이 친구가 우리 집에서 밥을 먹을 텐데……. 아이고, 아까워라!'

　하지만 달재는 노 영감과는 달리 마음이 넉넉한 사람이었어요.

　"이 사람아. 내가 먹을 것은 싸 가지고 왔으니 걱정하지 말게나."

　달재는 노 영감 앞에 자신이 가져온 쌀과 고기를 내밀었어요. 그제야 노 영감의 입가에는 미소가 떠올랐지요.

　그날 저녁, 모처럼 노 영감의 집에서는 고기 잔치가 열렸어요. 불이 빨갛게 달아오른 석쇠에서 지글지글 구워지는 고기는 보기만 해도 군침이 돌았어요.

　'아니, 이게 무슨 냄새야?'

　뒤꼍에서 장작을 패고 있던 돌쇠는 코를 벌름거렸어요. 구수한

고기 냄새가 돌쇠의 코끝을 간지럽혔거든요.

'야, 이게 얼마 만에 맡는 고기 냄새냐!'

돌쇠는 눈까지 지그시 감고 고기의 맛을 상상했어요. 그러더니
군침을 흘리면서 부엌으로 가서는 실컷 고기 냄새를 맡았어요.

'야, 냄새만 맡아도 이렇게 배가 부른 것을⋯⋯. 어차피 나는

먹지도 못할 테니 냄새라도 실컷 맡아 두자.'

　돌쇠는 입에서 침이 줄줄 흐르는 것도 모른 채 계속 고기 냄새를 맡고 있었어요.

냄새에 취한 돌쇠의 입가에는 행복한 미소마저 번졌어요.

그때였어요.

"네 이놈! 여기서 뭘 하는 거냐?"

깜짝 놀란 돌쇠가 뒤를 돌아보니 노 영감이 커다란 눈을 부릅 뜨고 돌쇠를 노려보고 있었어요.

"고얀 놈 같으니라고. 어서 고기 값을 내 놓아라!"

"아니, 저는 고기를 한 점도 먹지 않았는데 저더러 고기값을 내라니요?"

돌쇠는 기가 막혔어요.

"이놈아, 네가 고기 굽는 냄새를 공짜로 맡지 않았느냐? 그러니 고기 냄새 값을 내란 말이다!"

노 영감의 말을 들은 돌쇠는 어이가 없었어요.

'정말 해도 해도 너무하는군. 내가 비록 머슴이지만 십 년 동안이나 한솥밥을 먹은 사이인데, 고기 냄새 값을 내라고? 좋다. 어디 한번 똑같이 당해 봐라.'

무슨 생각을 했는지 돌쇠는 갑자기 얼굴빛을 바꾸더니 상냥한 목소리로 노 영감에게 말했어요.

"주인 나리, 고기 굽는 냄새가 어찌나 구수하던지 제가 그만 실

수를 했네요. 제가 맡은 고기 냄새 값을 계산해 드릴 테니 너무 노여워하지 마세요."

그리고는 바지 안쪽에서 돈을 꺼내기 시작했어요.

'낄낄, 바보 같은 녀석. 정말로 돈을 줄 모양이지?'

돌쇠가 순순히 돈을 준다고 하자 노 영감은 신이 났어요. 돌쇠는 바지 주머니에서 엽전을 한 움큼 꺼낸 다음, 노 영감에게 가까이 오라고 말했어요. 노 영감이 다가오자 돌쇠는 두 손 가득 동전을 쥔 다음, 영감의 귓가로 가져갔어요. 그리고는 두 손을 흔들었어요. 돌쇠가 손을 흔들 때마다 '짤그랑짤그랑' 하는 소리가 울렸어요.

"나리, 이게 무슨 소리인가요?"

"이건 돈끼리 부딪혀서 나는 소리지."

노 영감의 말에 돌쇠는 고개를 끄덕였어요.

"분명 돈 소리가 맞지요?"

"이놈아, 내가 돈 소리도 모를까 봐 그러냐?"

노 영감의 말에 돌쇠는 손에 쥐고 있던 동전들을 도로 주머니에 집어넣었어요. 그리고는 뒷짐을 지고 말했지요.

"이제 됐습니다. 그러면 고기 냄새 값은 다 치렀습니다."

"아니, 그게 무슨 소리냐?"

노 영감은 도무지 돌쇠의 말을 이해할 수가 없었어요.

"저보고 고기 냄새를 맡은 값을 치르라고 하시지 않았습니까?
그래서 제가 맡은 냄새 값을 돈의 소리로 치른 것이지요. 이제
이해가 가시나요, 주인어른?"

돌쇠의 꾀로 코가 납작해진 노 영감은 아무런 대답도 할 수 없
었어요. 돌쇠의 지혜를 알게 된 노 영감은 돌쇠에게 지독하게 굴
지 않았답니다.

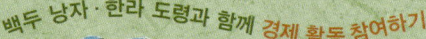

우리 제품을 사용해요

집에서 쓰고 있는 학용품을 꺼내서 살펴보아요. 학용품 가운데 우리나라 제품은 몇 개이고 외국 제품은 몇 개인지 숫자를 적어 보면 생각보다 많은 외국 제품이 있을 거예요.

예전에는 우리나라의 기술이 발달하지 않았기 때문에 외국 제품들이 우리나라의 제품들보다 품질이 뛰어났어요. 하지만 지금은 우리나라의 기술이 외국과 어깨를 나란히 할 정도로 많이 발전했어요. 외국 제품과 비교했을 때 품질이 더 좋은 우리 제품들도 많이 있지요. 반도체, 휴대폰, 선박, 대형 벽걸이 TV 등이 그렇지요.

세계 최고의 기술을 자랑하는
우리나라의 선박과
반도체의 모습이에요.

물건을 살 때에는 물건의 질을 꼼꼼하게 따져 보는게 좋아요. 외국 상표가 붙어 있다고 해서 그냥 사지 말고, 우리 제품과 비교해 본 다음 더 좋은 품질의 물건을 고르는 자세가 필요해요.

우리가 외국 제품을 살 때마다 우리는 외국에 로열티를 줘야 해요. '로열티'는 외국의 상표를 빌려서 사용하는 대가로 우리가 외국에 줘야 하는 돈을 말해요. 우리가 많이 먹는 이름난 콜라나 피자도 로열티를 주고 외국에서 들여오는 음식이지요.

우리가 우리나라 제품을 사랑하고 질 좋은 우리 제품들을 많이 사용한다면 우리나라 기업들도 살아나고, 나아가서는 나라 전체에도 큰 도움이 될 거예요. 물론 우리나라 사람들이 마음 놓고 우리 제품을 사용하기 위해서는 기업에서도 더 좋은 제품을 만들어야 하고요.

경치가 아름답기로 소문난 샘골에서 가장 멋있는 곳은 바로 백 영감네 아흔아홉 칸 기와집이에요. 이 아름다운 집에 살고 있는 백 영감은 인색하기가 그지없었어요. 곳간마다 먹을 것이 그득그득 들어 있는데도 언제나 옥수수 죽만 끓여 먹을 정도였으니까요. 돈이 급히 필요한 사람들에게는 돈을 빌려 주고 비싼 이자를 받았어요. 그리고 하루라도 약속을 어기면 빌려간 돈을 열 배로 갚게 하는 방법으로 수많은 사람들의 재산을 차지했지요.

어느 날, 시집을 간 백 영감의 세 딸이 찾아왔어요. 백 영감의 딸들은 친정아버지와는 달리 가난하게 살았어요. 그래서 배고픔을 견디다 못한 딸들이 곡식을 얻으러 백 영감을 찾아온 거였어요.

"아버지, 저희들에게 곡식을 조금만 나누어 주세요."

딸들이 굶주린 배를 움켜쥐며 사정을 하자 백 영감이 말했어요.

"너희들이 정말로 굶주리고 사는지 확인을 해 봐야겠다. 너희는 똥을 하루에 몇 번 누느냐? 첫째부터 순서대로 대답해 보거라."

백 영감의 말에 첫째부터 차례대로 대답했어요.

"저는 하루에 한 번 누는데요."

"저는 이틀에 한 번 똥을 눕니다."

"아버지, 저는 닷새에 한 번꼴로 똥을 눠요."

마지막으로 막내의 대답을 들은 백 영감은 첫째와 둘째를 향해 냅다 소리를 질렀어요.

"이런 고얀! 너희들은 그렇게 똥을 자주 누고도 어찌 배를 곯는 다고 엄살들이냐? 막내만 남고 첫째와 둘째는 어서 집으로 돌아 가거라!"

백 영감은 막내딸에게 보리 한 바가지를 퍼 주면서 말했어요.

"이 보리로 밥을 하지 말고 반드시 죽으로 끓여 먹어야 한다. 그래야 오래오래 먹을 수 있는 법이다. 그리고 한 달 뒤에는 반드시 보리 한 말로 갚거라."

자식들에게까지 이렇게 인색한 백 영감은 다른 사람들에게는 두말할 필요도 없을 정도였어요. 그래서 샘골에서는 인색하고 지독한 백 영감네 집을 지나갈 때마다 이렇게 수군댔지요.

"쳇, 집만 근사하면 뭐 해? 사람이란 마음씨를 곱게 써야 복을 받는 법인데 말이야."

"세상에서 백 영감만큼 모진 양반은 없을 거야. 안 그런가?"

마을 사람들은 모이기만 하면 백 영감의 흉을 봤어요.

그러던 어느 날, 백 영감의 담 밑에 거지 한 명이 돗자리를 펴고 자리를 잡았어요. 몇 달째 제대로 먹지 못한 거지는 퀭한 두 눈을 끔뻑이면서 기어들어가는 목소리로 말했어요.

　　"밥……, 좀……, 주세요. 저에게 밥 좀 주세요."

　　거지의 얼굴은 제대로 먹지 못해 온통 부스럼투성이인데다가 손과 발에는 땟자국으로 얼룩졌어요. 이런 거지의 모습이 백 영감의 눈에 곱게 비칠 리가 없었어요. 백 영감은 집안일을 도맡아 하는 집사에게 거지를 당장 쫓아내라고 소리쳤어요.

　　"영감마님, 거지가 동냥하는 장소가 담 밑이기는 하지만 그곳은 집 안이 아니라 바깥입니다. 때문에 함부로 내쫓을 수 없는 일이지요."

　　"거참, 어디서 굴러 들어온 거지 한 명이 되게 속을 썩이네. 대문 밖에 있는 거지에게 절대로 먹을 것을 주지 말거라!"

　　하지만 집사는 담 밑에서 떨고 있을 거지를 생각하니 안쓰러워서 자신의 점심을 거지에게 주었어요.

　　덕분에 거지는 오랜만에 주린 배를 채울 수 있었답니다. 그 뒤로도 집사는 백 영감의 눈을 피해 거지에게 음식을 가져다주었어요.

하지만 꼬리가 길면 잡히는 법, 집사의 행동을 알게 된 백 영감은 펄펄 뛰었어요.

"감히 내 명령을 어기고 거지에게 음식을 가져다주었단 말이냐? 주인의 명령을 어기는 하인은 필요 없다. 어서 내 집에서 나가거라!"

집사는 그날로 백 영감네 집에서 쫓겨나게 되었어요.
이후로 다른 하인들은 백 영감이 무서워서 아무도
거지에게 음식을 가져다주지 않았어요.

얼마 뒤 거지는 배고픔을 이기지 못하고 백 영감네 담 밑에서 숨을 거두고 말았어요. 그런데 놀라운 일이 벌어졌어요. 거지가 죽은 다음 날, 백 영감이 갑자기 세상을 떠난 거예요.

"불쌍한 거지를 죽게 하더니, 결국 그 벌을 받은 게야."

"그러게 말이야. 살았을 때 좋은 일을 하면서 살아야 천국에 갈 수 있다고 하던데⋯⋯."

"백 영감 같은 사람이야 영락없는 지옥행이지, 뭐."

사람들은 백 영감이 하늘로부터 벌을 받았다고 생각했어요.

한편, 저승에 간 백 영감은 지옥으로 끌려갔어요. 이승에서 너무나 지독하고 인정 없이 살아 왔기 때문이에요.

지옥은 불덩이가 활활 타오르고 있는 무서운 곳이었어요. 백 영감은 뜨거운 불구덩이 속으로 던져졌어요.

"아이고, 뜨거워라! 제발 저 좀 살려 주세요."

그러나 아무리 주위를 둘러보아도 온통 시뻘건 불길만이 솟아오르고 있을 뿐이었어요.

'흑흑, 이럴 줄 알았으면 살아 있을 때 착한 일을 많이 하는 건데……'

백 영감은 자신의 삶을 후회했지만 어쩔 수가 없었어요. 한번 지나간 삶은 다시 되돌릴 수가 없는 것이니까요.

백 영감은 고개를 들어 하늘을 바라보았어요. 하늘 저 편에도 사람들이 사는 것 같았어요. 자세히 보니 그곳에는 아름다운 꽃들이 가득 피어 있고 먹을 것이 풍족한 평화로운 곳이었어요. 사람들의 표정도 밝고 행복해 보였지요.

'아, 사람들이 말하던 천국이 바로 저 곳인가 보구나.'

그런데 사람들 사이로 낯익은 얼굴이 하나 보였어요. 바로 자

신의 담 밑에서 죽은 거지였어요. 백 영감은 있는 힘을 다해 외
쳤어요.

"여보게, 자네는 살아 있을 때 우리 집 담 밑에서 동냥을 하지
않았던가? 여기는 물 한 방울도 없이 뜨거우니 자네가 물 한 방
울만 떨어뜨려 주게나."

그러자 거지가 빙그레 웃으면서 말했어요.

"당신 눈에는 천국이 가까운 곳에 있는 것처럼 보이겠지만 사실은 굉장히 먼 거리랍니다. 제가 물을 떨어뜨린다고 해도 그 물이 지옥까지 닿지는 않을 것입니다."

백 영감은 평생을 뜨거운 불구덩이 속에서 지내야 했어요. 불쌍한 사람들을 못 본 척하고 지독하게 살아 왔던 자신의 삶을 뉘우치면서 말이에요.

'아나바다' 운동에 참여해요

'아나바다'란 말을 들어본 적이 있나요?

'아나바다'는 '아껴 쓰고, 나눠 쓰고, 바꿔 쓰고, 다시 쓰자'의 첫 글자를 따서 줄여 부르는 말이에요.

'아나바다'의 뜻을 잘 생각해 보면 물건을 어떻게 써야 알뜰하게 쓸 수 있는지가 머릿속에 떠오를 거예요. 잠깐 쓴 물건을 그냥 버리기보다는 이웃과 함께 나눠 쓰고, 다시 활용해서 쓰는 습관을 몸에 익히자는 것이지요.

우리도 쉽게 '아나바다' 운동에 참여할 수 있어요. 형이 입던 옷을 동생이 물려 입거나 엄마가 입던 옷을 예쁘게 고쳐서 다시 입는 것 등이 그렇지요. 이렇게 서로 물려 입거나 고쳐 입으면 비싼 옷값을 줄일 수 있답니다.

만약 옷을 물려받을 언니나 동생이 없어도 걱정할 필요가 없어요. 이웃끼

리 함께 나눠 입으면 되니까요. 요즘은 동네마다 이런 절약 장터나 바자회가 열려서 싼값에 좋은 물건들을 살 수가 있어요.

옷뿐만이 아니에요. 다 읽은 동화책을 친구와 바꾸어 읽어도 좋고, 어릴 때 가지고 놀던 장난감이나 작년에 쓰던 참고서 등 지금 나에게는 필요 없지만 다른 사람이 잘 쓸 수 있는 물건들을 서로 모아서 바꾸어 쓰는 일도 '아나바다' 운동이지요.

물건을 서로 바꾸어 쓰면 친구들과의 우정도 두터워지고, 물건을 쓸 때 함부로 사용하지 않게 될 거예요. 언젠가 이 물건을 다른 사람이 사용하게 될지도 모른다는 생각이 들기 때문이지요.

지금부터 친구들과 '아나바다' 운동을 해요. 물건을 아껴 쓰는 습관도 기를 수 있고, 물건을 함부로 버리지도 않게 될 거예요.

우리 친구들도 아나바다 운동을 한번 펼쳐 보아요. 물건을 서로 바꾸어 쓰면서 우정도 쌓을 수 있고, 절약 정신도 배울 수 있거든요.

배 서방의 현명한 며느리

복사골은 봄이 되면 흐드러지게 피는 복사꽃으로 온 마을이 뒤덮여요. 복사골에는 열심히 땅을 일구어 재산을 모아 만석꾼이 된 배 서방이 살고 있었어요. 얼마나 많은 재산을 모았는지, 복사골에서 배 서방의 땅을 밟지 않고서는 마을을 제대로 다닐 수 없을 정도였지요.

세월이 흘러, 배 서방의 아들 만수가 장가 갈 나이가 되었어요. 그런데 만수는 아버지와는 달리 게으른 데다가 낭비까지 심했어요.

'내가 이 녀석에게 모든 재산을 맡겼다간 금세 거덜을 내고 말 거야.'

배 서방은 게으른 아들이 항상 걱정이었어요. 그래서 자신이 직접 며느리를 뽑기로 했어요. 복사골의 만석꾼 배 서방이 며느리를 뽑는다는 소식은 온 마을에 퍼졌어요.

"배 서방네 집에서 며느리를 뽑는다고? 그러면 우리 연화도 보내 봐야지."

"지은아, 너도 한 번 가봐라!"

딸을 가진 부모들은 누구나 자신의 딸이 배 서방의 며느리가
되기를 바랐어요.

배 서방이 워낙 재산이 많은 부자였기 때문에 마을에서 내로라
하는 처녀들은 모두 배 서방의 며느리 뽑기에 참가했어요. 뿐만
아니라 주변 마을에서까지 모여 들었지요. 배 서방네 며느리가
되려고 선 사람들의 줄이 동구 밖까지 길게 늘어섰어요.

제일 먼저 배 서방의 며느리 뽑기 시험에 나선 사람은 황 진사
의 딸이었어요. 배 서방은 황 진사의 딸에게 말했어요.

"여기 쌀 한 말과 콩 한 되가 있소. 이것을 가지고 한 달을 견
뎌야 우리 집의 며느리가 될 수 있소."

황 진사의 딸은 배 서방이 전해 주는 봉지를 받아 들고 별당으
로 향했어요. 별당 할멈이 황 진사의 딸을 반갑게 맞아 주었어
요. 황 진사의 딸은 별당 할멈에게 인사를 한 뒤 말했어요.

"할멈, 봉지 아흔 개에다가 이 쌀과 콩을 똑같이 나누어 담으
세요."

"아니, 아흔 개의 봉지에다가요?"

깜짝 놀란 별당 할멈이 물었어요. 그러자 황 진사의 딸이 배시
시 웃으면서 말했어요.

"하루에 세 끼씩 한 달을 먹으려면 모두 아흔 끼의 식사를 해야 할 것 아니오? 그러니 아흔 개의 봉지가 필요하지."

처음에 황 진사의 딸은 하루에 봉지 세 개씩을 비워 나갔어요. 하지만 봉지 세 개 분량의 쌀과 콩은 하루 끼니를 때우기에는 턱없이 부족했지요.

일주일이 지나자 황 진사의 딸은 앉아 있을 힘도 없어 온종일 방 안에 누워 있어야만 했어요.

가만히 누워 있자니 천장이 온통 먹을 것으로 보였어요. 닭이며 떡이며, 기름이 잘잘 흐르는 하얀 쌀밥이 천장을 마구 떠다니는 것 같았지요.

'아, 흰 쌀밥에 시원한 동치미 한 사발만 먹었으면……'

열흘 만에 황 진사의 딸은 너무 배가 고파 별당을 뛰쳐나오고 말았어요.

'에잇, 부잣집 며느리고 뭐고 다 싫어. 이렇게 조금만 먹다간 굶어 죽어서 처녀 귀신이 되고 말 거야!'

황 진사의 딸이 시험에서 떨어진 뒤에도 많은 처녀들이 배 서방의 며느리 뽑기 시험에 나섰어요. 하지만 쌀 한 말과 콩 한 되만으로 한 달을 버티는 처녀들은 단 한 명도 없었어요. 한 달을

버티기는커녕 모두 보름도 안 되어 업혀 나오기가 일쑤였지요.

'쯧쯧, 이렇게 며느리 뽑기가 힘들어서야……. 이러다가 우리 아들 장가도 못 가 보는 거 아닌지 모르겠네?'

마음에 드는 며느릿감을 찾지 못하자, 배 서방은 더럭 겁이 났어요. 하지만 여기서 물러날 배 서방이 아니었어요.

'조금만 더 기다려 보자. 반드시 내가 원하는 며
느릿감을 찾아낼 수 있을거야.'

배 서방은 끝까지 희망을 버리지 않고 기다리기
로 했어요. 쌀 한 말과 콩 한 되로 한 달을 버텨
야 한다는 소문은 순식간에 퍼졌고, 며느리 뽑기
시험에 응시하는 처녀가 더는 없었어요.

그러던 어느 날이었어요. 허름한 옷을 입은 처녀 하나가 배 서방의 집을 찾아왔어요.

"저는 이웃 마을에 사는 덕실이라고 합니다. 이 집에서 며느리를 뽑으신다고 해서 왔는데요."

오랜만에 찾아온 처녀인지라 배 서방은 몹시 반가웠어요. 배 서방은 덕실이에게 쌀 한 말과 콩 한 되를 주고 별당으로 보냈어요.

"대체 아가씨는 얼마나 있다 실려 나갈 작정이오?"

많은 처녀들이 쓰러져서 나가는 것을 지켜본 별당 할멈이 물었어요. 그러자 덕실이가 자신 있게 대답했어요.

"물론 한 달 뒤에 나갈 거랍니다. 그것도 저의 두 발로 걸어서 말이에요."

"다들 처음에는 그렇게 말을 하지. 어디 두고 봅시다."

별당 할멈은 남루한 옷차림의 덕실이를 위아래로 훑어보며 말했어요. 별당 할멈의 눈에는 덕실이도 열흘을 못 버티고 도망갈 것처럼 보였어요.

"할멈, 배가 고픈데 우리 밥을 해 먹을까요?"

덕실이는 쌀과 콩이 담긴 봉지에서 쌀과 콩을 듬뿍 퍼냈어요.

“아니, 아가씨! 이 양식으로 한 달을 버텨야 하는데요. 이렇게 먹다가는 일주일 안에 양식이 다 바닥나고 말 거예요.”

별당 할멈은 덕실이를 말렸어요. 그러나 덕실이는 아랑곳하지 않고 밥을 지어, 별당 할멈과 배부르게 먹었어요.

다음 날에도, 또 그 다음 날에도 덕실이는 날마다 배부르게 밥을 지어 먹었어요.

일주일이 지나자 별당 할멈의 말대로 양식이 모두 떨어져 버렸어요.

“이제 양식이 떨어졌으니 어쩌지요?”

별당 할멈의 얼굴에는 근심이 가득했어요. 그러나 덕실이는 생글생글 웃기만 했어요.

“양식이 떨어졌으면 이제부터 일을 해서 양식을 구하면 될 것 아니겠어요? 할멈은 오늘부터 마을을 돌아다니면서 바느질감을 구해 오세요.”

별당 할멈은 마을로 가서 일감을 구해 왔어요. 덕실이는 밤을 새고 바느질을 했어요. 그 솜씨가 어찌나 꼼꼼하던지 소문이 금세 온 마을에 퍼졌어요.

“덕실이에게 맡기면 일주일 걸릴 옷도 사흘이면 완성이 되지.

솜씨는 또 얼마나 훌륭한데!"

이제 덕실이는 밀려드는 일감에 정신이 하나도 없을 지경이었어요. 일감이 많아지면 많아질수록 별당 곳간에는 쌀이 수북이 쌓여갔어요.

한 달 뒤, 배 서방이 별당을 찾아갔을 때 덕실이는 이미 일 년치 쌀을 모아 둔 상태였어요. 배 서방은 너무나 흡족했어요.

"정말 훌륭하다. 쌀 한 말과 콩 한 되를 가지고 시작해서 일 년치의 식량을 모으다니……, 너야말로 만석꾼 배 서방의 며느리가 될 자격이 충분하다!"

사람이 재산을 모으는 방법에는 여러 가지가 있어요. 덕실이는 부지런히 일을 해서 재산을 불려 나간 거예요. 이렇게 해서 부지런한 처녀 덕실이는 만석꾼 배 서방의 며느리로 뽑혀 행복하게 잘 살았답니다.

폐품을 이용해 물건을 만들어요

우리 집에서 버려지는 물건을 이용하면 생활에 필요한 것을 쉽게 만들 수 있어요. 못 쓰게 되어버린 물건을 폐품이라고 하는데, 이것을 이용하면 다양한 물건을 만들 수 있답니다.

쓰고 남은 복사 용지가 있다면 잘 살펴보세요. 앞면에는 인쇄가 되어 있는데 뒷면은 깨끗한 종이가 많이 있지요? 또는 뒷면을 깨끗하게 쓴 원고지나 신문과 함께 배달된 종이로 된 광고지를 모아 보아요. 이때에는 비닐 코팅을 입힌 종이보다는 그냥 종이가 다시 사용하기 더욱 좋아요.

모은 종이들을 일정한 크기로 잘라서 묶으면 훌륭한 연습장으로 사용할 수 있어요. 이제부터는 연습장을 새로 사지 말고 이렇게 집에 있는 종이들을 활용해 쓰도록 해요.

요즘은 회사에서도 종이의 뒷면을 활용해서 자원을 절약해요.

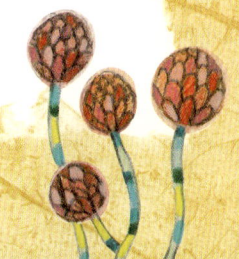

우유갑을 이용한
정리 상자와 필통이에요.

　그리고 많이 써서 작아진 크레파스들을 모아서 다른 색깔의 크레파스를 만들 수도 있어요. 이것은 불을 사용해야 하기 때문에 반드시 어른과 함께 해야 해요.
　작아서 못 쓰게 된 크레파스를 냄비에 넣고 끓여요. 크레파스가 녹으면 플라스틱 틀에 끓인 크레파스를 부어요. 이때 플라스틱 틀은 연필처럼 길거나 크레파스와 비슷한 모양이면 좋아요.
　끓인 크레파스를 부은 다음 약 5분 정도 시간이 지나면 물속에 넣어 식혀요. 다 식으면 크레파스의 끝부분을 은박지로 감싸서 사용해요.
　먹고 남은 우유갑이나 깡통을 이용해 서랍이나 연필꽂이로 만들수도 있어요. 우유갑이나 깡통을 깨끗하게 씻어서 말린 뒤에 포장지나 물감을 이용해 꾸며요. 우유갑이나 깡통을 필요한 크기만큼 이어 붙이면 된답니다. 우리 친구들도 폐품을 이용해 기발한 물건을 만들어 보면 어떨까요?

부록

교과가 튼튼해지는
우리 것 우리 얘기

우리 조상들의 경제생활을 알 수 있는 천하제일 자린고비 이야기, 잘 읽어 보았나요?

예전에는 다른 사람에게 매우 인색한 사람을 자린고비라고 했어요. 자린고비들은 돈을 아끼고 쓰지 않는 것만이 큰 재산을 모으는 방법이라고 생각했지요.

하지만 지금은 다양한 방법을 통해 돈을 모으고, 재산을 늘릴 수 있답니다. 경제 활동을 잘하는 현대판 자린고비들이 어떤 방법으로 부자가 되는지 그 방법을 알아볼까요?

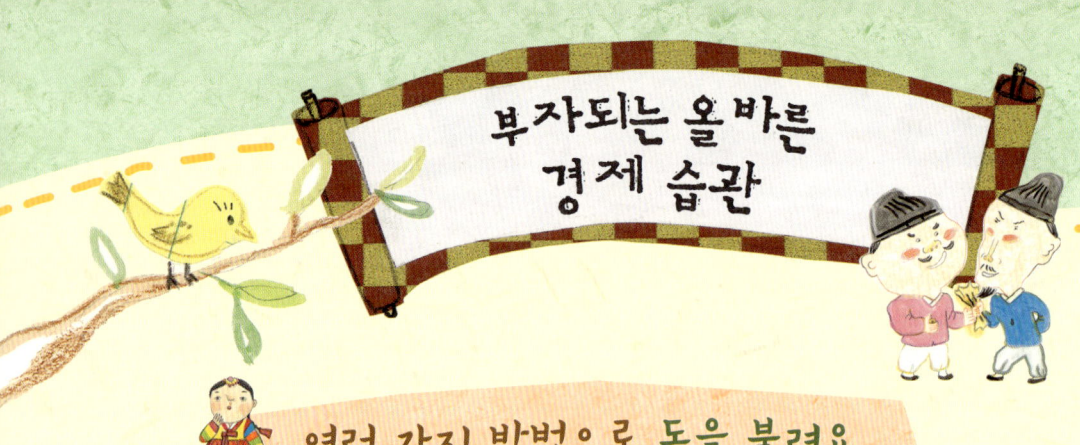

부자되는 올바른 경제 습관

여러 가지 방법으로 돈을 불려요.

옛날에는 재산을 불리는 방법이 그리 많지 않았어요. 금고에 돈을 모아 두거나 땅을 사두는 정도였지요. 하지만 요즘에는 돈을 투자하는 방법에 따라 결과가 달라지기도 해요.

가장 기본적인 것은 은행에 저축을 하는 거예요. 그 외에 주식에 투자를 하는 방법도 있어요.

사람들은 발전 가능성이 있는 회사의 주식을 사는 방법으로 주식 투자를 해요. 회사가 장사를 잘 해 돈을 많이 벌면 그 회사의 주식이 오르고 그러면 그 회사의 주식을 산 사람들도 돈을 벌게 되는 것이지요.

전문가에게 주식 사고파는 것을 맡겨 대신 투자를 하게 하기도 하는데, 이것이 펀드예요. 펀드는 각 금융기관에 다양한 상품이 있기 때문에 잘 골라서 가입해야 하지요.

현대의 자린고비들은 저축, 주식, 펀드 등 여러 가지 방법을 통해 재산을 불린답니다.

증권거래소

주식 증서

 시간을 잘 활용해요.

현대를 살아가는 자린고비들이 돈 보다도 더 아껴서 쓰는 것이 바로 시간이에요. 시간을 잘 쓰는 것, 이것이 가장 기본적인 생활 태도거든요.

시간을 잘 쓰는 일이 왜 중요하고 돈을 불리는 것과 무슨 상관이 있을까요?

일찍 일어나 하루를 빨리 시작하면 다른 사람보다 훨씬 많이 일을 할 수 있어요. 이는 그만큼 돈도 더 많이 벌 수 있다는 이야기예요.

우리 어린이들 같은 경우에는 다른 친구보다 책을 더 많이 읽을 수 있고, 공부도 더 할 수 있고, 운동도 더 많이 할 수 있어요. 미래를 위한 준비를 다른 친구들 보다 더 많이 할 수 있으니 경제적인 생활이지요. 이렇게 시간을 아끼면서 차근차근 준비하다 보면 더 많은 지식을 쌓고, 몸도 더 건강해 질 거예요. 이것은 재산을 불리는 일 보다도 훨씬 중요해요. 어린 시절부터 몸에 베인 건강한 습관이 어른이 되어서도 계속 되니까요.

지금부터라도 하루의 계획을 잘 세워 알뜰한 하루를 보내 시간을 소중하게 쓰도록 해요.

 ## 계획을 세워 돈을 써요.

돈을 모으기 위해 무조건 안 쓰고 아끼기만 하는 것은 잘못된 방법이에요.

돈을 아끼느라고 필요한 물건을 모두 자급자족한다면 여러 공장과 상점, 일자리가 줄어드는 일이 생길 수도 있어요. 돈을 쓰기 전에는 어떻게 써야 할지 미리 계획을 세우고 그 물건을 꼭 사야 하는지 기준을 정해요.

1. 물건의 값은 적당한가?
2. 내가 갖고 있는 예산 안에서 살 수 있는가?
3. 지금 당장 나에게 꼭 필요한 물건인가?
4. 얼마나 오랫동안 사용할 수 있는가?

이런 식으로 기준을 정해서 정리하다 보면 쓸 데 없는 물건은 사지 않을 거예요. 그런 다음 물건의 가격을 비교해 보는 거예요. 물건을 사기 전 물건 값을 미리 알아본 다음 가격 비교 사이트에 들어가 물건 값에 대한 정보를 먼저 알아내세요. 인터넷 쇼핑을 하지 않을 경우에라도 할인점에서 살 수 있는지, 세일 기간은 언제인지를 알아서 물건 값이 쌀 때 물건을 사는 것이 좋아요.

용돈 기입장

 ## 다른 사람을 위해 돈을 쓸 줄도 알아야 해요.

사람들은 누구나 아끼고 절약해서 부자가 되고 싶어 해요. 하지만 나를 위해 돈을 모으고 절약하는 것만큼 나 보다 못한 사람들에게 관심을 갖고 눈을 돌리는 것도 중요해요.

기부를 통해 어려운 이웃들은 도움을 받고, 기부하는 사람은 행복한 마음을 갖게 돼요. 이는 사회 전체를 발전시키는 원동력이 되어 준답니다.

간혹 신문에서 평생 어렵게 모은 돈을 장학금으로 내놓은 할머니나 할아버지의 이야기를 본 일이 있을 거예요. 이분들의 나눔 덕분에 어려운 처지의 학생들이 배움의 기회를 갖게 되고, 자라서 이 사회를 위해 일하는 인재로 자라나요. 이는 사회 전체로도 도움이 되는 일이지요. 아끼고 절약해서 기부를 하는 통 큰 자린고비가 되어 보는 것도 의미 있는 일이겠지요?

자선냄비

재능 기부

〈오십 빛깔 우리 것 우리 얘기〉 시리즈
권별 교과 연계표

오십 빛깔 우리 것 우리 얘기 37

천하제일 자린고비 이야기

초판 1쇄 인쇄 | 2011년 10월 10일
초판 1쇄 발행 | 2011년 10월 17일

글쓴이 | 우리누리
그린이 | 지영이

발행인 | 김우석
편집장 | 신수진
책임 편집 | 최은정
편집 | 박경화, 이정은
마케팅 | 공태훈, 김동현, 이진규

디자인 | 디자인 뭉클
인쇄 | 성전기획

발행처 | 중앙북스
등록 | 2007년 2월 13일 제 2-4561호
주소 | (100-732) 서울시 중구 순화동 2-6번지
편집문의 | (02)2000-6320
구입문의 | 1588-0950
팩스 | (02)2000-6174
홈페이지 | www.joongangbooks.co.kr

ⓒ 우리누리 2011

ISBN 978-89-278-0127-6 14800
        978-89-278-0092-7 14800(세트)